行走在鄱阳湖边上

XINGZOU ZAI
POYANGHU BIANSHANG

王庭顽 著

江西高校出版社
JIANGXI UNIVERSITIES AND COLLEGES PRESS

南昌

图书在版编目(CIP)数据

行走在鄱阳湖边上／王庭顽著. -- 南昌：江西高校出版社，2025．6. -- ISBN 978 - 7 - 5762 - 6161 - 5

Ⅰ. I227

中国国家版本馆 CIP 数据核字第 2025352CM1 号

策 划 编 辑　陈永林	责 任 编 辑　王良辉	
装 帧 设 计　王煜宣	责 任 印 制　李香娇	

出 版 发 行　江西高校出版社
社　　　　址　江西省南昌市新建区工业二路 508 号
邮 政 编 码　330100
总 编 室 电 话　0791 - 88504319
销 售 电 话　0791 - 88511423
网　　　　址　www.juacp.com
印　　　　刷　江西新华印刷发展集团有限公司
经　　　　销　全国新华书店
开　　　　本　700 mm × 1000 mm　1/16
印　　　　张　17.5
字　　　　数　188 千字
版　　　　次　2025 年 6 月第 1 版
印　　　　次　2025 年 6 月第 1 次印刷
书　　　　号　ISBN 978 - 7 - 5762 - 6161 - 5
定　　　　价　68.00 元

赣版权登字 -07 - 2025 - 510

序

　　近日，老同学王庭顽来电话，要我为他的诗集《行走在鄱阳湖边上》作序。说实话，于我而言，这是一件为难的事情，因为我不懂诗歌，恐负所托，所以，第一反应是婉言谢绝。没料到推辞再三就是推脱不了，足见其心之诚，其意之坚，只好应承下来。反正老同学出版诗集，确实是件值得祝贺的事情。

　　我和庭顽是40多年的老同学了。那时候读师范，我们班50多个同学，我们两人来自同一乡镇，与其他同学相比较，我们俩的关系显得更为密切。那时候我并不觉得他有什么特别，只是记得他喜爱运动，还参加了学校的武术队。毕业后我们一同被分配回我们的乡镇，我在当地的中学当一名初中教师，他则回到他们村小学教书，几年后才调入中学。刚毕业的那几年，我们之间的交往是频繁的。后来他结婚了，而我则来南昌做律师了，我们之间的交往就渐渐稀疏了，但电话联系是一直保持的。电话中我每次问及他的近况，他都说很好；我也多次邀请他来南昌玩，他回说哪里都不想去，只想好好待在学校教书和看书。

　　关于他的教学，我是知道的，他教学特别认真，教学业绩一直很好。记得有一次，我的表哥突然给我打来电话，特意嘱托我帮忙将小孩放到王庭顽老师班上读书，说王老师是当地的名师，很多家长都想把自己的孩子放进王老师班上。表哥的电话虽然是要我走后门，但我心里却很欣慰，为我的老同学感到骄傲。

后来庭顽有一次来南昌办事，抽空与我见了一面。其间，我们谈到了他的教学。那次见面我印象深刻的是他主要表达了两层意思：一、他热爱语文教学，他说他的生命里不能没有语文；二、他坚守着自己的语文教学理念，他认为语文教学最重要的目的应该是培养学生的良好思维品质，知识次之。听着他侃侃而谈，我感慨万千。感慨的是，在忙忙碌碌、熙熙攘攘的人群中，有多少人在渴望、梦想、竭力追逐着金钱和名誉，而我的这位同学却心无旁骛地常年坚守在乡镇中学的教育岗位。诚然，对于他坚守的教育理念，我没有太多发言权，但我相信他是经过认真研究并一直在实践的，他的教学业绩就是最好的证明。他也因为教学业绩突出被聘为江西省第一届小学语文骨干教师，后来又被聘为江西省第三届初中语文骨干教师。

关于他的文学创作，起初我是不以为意的，毕竟想要从生活的底层走出一位诗人或作家，是非常不容易的。我知道他这些年一直在坚持写作，写的多半是现代诗，这从他的微信朋友圈可以看出来。当然，他偶尔也会向我发送得意的诗作，让我一起分享他的喜悦，但说实话，我看得不是很明白。因此，我把他的写作界定为文学爱好而已。然而，一件事情的发生改变了我对他的这种看法。说起这事，还得从他的教育题材长篇小说《追寻那个蓝太阳》稿件说起。

去年临近过年的时候，他给我来了个电话，问我过年回不回家，说是有事要我帮忙。于是，约定年后我去看他。大年初二那天，我带着妻儿来到了他的学校，来到了他的宿舍——一间兼做卧室、书房、厨房、卫生间的十余平方米的房间，整个寒假他都在这个宿舍中度过，过年也是在这个房间过的。我愣了好一会儿才缓过神来。于是，我们挪到走廊里喝茶。茶是他特意煮的，看得出其隆重的意味。我们边喝茶边聊天，他说他马上就要退休了，这间宿舍也要腾出来，没有房子住，希望我能在南昌帮他找一间小一点的二手房，要求是离省图书馆越近越好，便于他退休后看书写作。我和妻子听了，都觉得他的想法很好并表示了支持。

接下来我们聊到了他的写作。我问起他的诗歌写作情况，问他写了多少首诗，发表了多少首诗。他回答说没有统计过，至于发表的诗歌，应该有 10 余首吧，那些发表了的基本是文学杂志社的约稿。他说他很少主动投稿，也不愿投稿。我说写得好的诗歌应该拿出来让它成为社会资源，建议他出一本诗集。大概他不是那么自信，只同意整理他的诗稿，要我请人看看。随后他又说出版诗集的事并不着急，当前需要落实的是他的长篇小说《追寻那个蓝太阳》稿件。他告诉我，已经有文学杂志社在联系他，要发表这篇小说，因为小说部分内容已在该杂志网页上发表，但他还是担心小说的文学性不够强，迟迟拿不定主意是发表还是不发表。于是，要我请人看看他的小说稿件。他说通过小说的形式表达对当前教育现状、教育改革及发展的看法是他多年的愿望。同时他还告诉我，他正在创作一部家庭教育的长篇小说，他希望我们的教育，无论是学校教育还是家庭教育，都能健健康康地发展。从他的谈话中，我感受到了他对教育炽烈的爱，也体会到了他内心那份坚定的责任感。我的这位老同学，他的身份是什么？教师？作家？诗人？我在心里默默问自己。也许这些身份他兼而有之，但我还是继续称他教师，才是对他最好的尊重。可是，这样一位热爱教育的教师，马上就要退休了。退休，是不是就意味着退出教育舞台？我能理解他言语中流露出的忐忑和伤感，由此我也理解了他准备退休后看书写作的想法。也许，他是想用文学的形式更好地延续他的教育生命。于是我们商定，诗稿、小说稿一起发给我，由我一并请人看看。

大约半年后，他把小说稿件发给了我。又过了不到一个月的时间，他又将诗稿发来了。他的小说稿件我是认真阅读了的，虽说我不是专业的文学工作者，但一定的文学鉴赏能力还是有的，我也从个人角度提了一点意见。没想到这点意见，在我们后来的见面时，他竟专门与我展开了讨论，并一再强调让我多请一些朋友看看，多提提缺点，以便他能更好地修改。他的这种严谨的写作态度，改变了我对他写作的看法，他的写作绝不只是爱好那么简单。看来，他对待写作，就像他对待教育事业一样，是认真的，是全身心投入的。

他的诗稿，我自己看了，也请几位专门从事文学工作的朋友看了。由于我确实不太懂现代诗，仅有的诗歌意识仍停留在古典诗歌的审美层面，因此，我知道自己很难写出对他诗歌的鉴赏意见。然而，几位专门从事文学工作的朋友却是给予了肯定。他们认为，诗稿在创作手法上受传统诗歌，特别是《诗经》和律诗的影响很深。从审美的角度看，有古典诗歌的痕迹，亦有外国诗歌的痕迹，但整体上还是以我国 20 世纪 80 年代兴起的朦胧诗派的审美方式为主。他们一致评价诗稿的内容广泛，格调清新，韵律流畅，意境深远，是一部比较优秀的诗集，值得出版。

朋友们的评价很具体，我一时也记不清许多，这里摘录一二：他们很看好诗稿中的几首小诗，特别是《黄昏的礼物》《星星和蒲公英》和《枯叶·枯叶蝶》。《黄昏的礼物》以一幅恬静的田园生活画面，书写了主人翁幸福享受大自然馈赠的愉悦。《星星和蒲公英》则用简单明了的语言，通过形象的对比，说明沟通的本质是什么。而《枯叶·枯叶蝶》则既是诗又是曲，它以一种曼妙回环的旋律，表达了作者对高尚品德的追求。

好了，零零碎碎，絮絮叨叨，写了以上文字，不知是否能完成任务。终觉不像是一篇序文，似乎是一些回忆的片段，也体现了我对老同学的钦佩之情，权当作不是序的序吧！

杨爱林

2024 年 11 月 20 日

目录 CONTENTS

行走在鄱阳湖边上

静　坐

这是六月的一个下午
黄昏过早地降临村落
风一阵紧似一阵
从远方疾驰而来
消失在房前屋后的草丛角落

空旷的校园非常热闹
看不见舞蹈者的影子
悦耳的鸟鸣
在风的漩涡中起落
牵出记忆深处
法国梧桐树荫下的一片幽静

想要站起来已是不能了
相思太沉太沉
如别离的帆
我只能静坐在这六月阴晦的下午
让白色的鸟鸣
萦绕在内心的梧桐间

2016 年 6 月 25 日于乐亭中学

鲜花与败叶

——致 G 君

你是春天的一朵鲜花
明艳而照人
东风从你身边滑过
也止不住要
轻轻将你抚摸

你的花香
轻飘十里之遥
蜜蜂因你而骄傲
欣喜的燕莺繁忙地
在你的香味中快乐地穿梭

你高洁你自豪
你是喜欢静幽的高贵的兰花
你是洁白的莲花
秀外慧中的轮廓
自成一个独立王国

我是一片败叶
一片秋天草木凋零时
从高高的树冠上
掉落在地的败叶
枯黄枯黄

我熟悉天空

我吻过雷电的额头

掉落在地

不是我的不慎

而是一种自然的回归

孤独的游子无根

我在飘荡中熬过了一个寒冬

积雪挤压过我

霜冻抽打过我

雾霭甚至时不时地还要捉弄我

我倔强我生硬

生硬是刻进我骨子里的基因

在时间与严寒的节点上

我苦苦寻觅

寻觅诗意的立足

春来了

带着湿漉漉的春意

带着益然的生机

带着人世的诧异与惊喜

昂首阔步地来了

景仰吧

高高的枝头挑起了你

无数高高的枝头挑起了无数个你

大地繁花一片

勃勃生机四处洋溢

一种从未有过的快感
瞬间浸润了我的身心
俯下身，我把胸口紧贴着泥土
我要将自己的生命通过大地
转化为花的羽翼

2023 年 12 月 14 日于乐亭中学

心中的玫瑰

晚风滑过，轻轻
小草一阵阵起伏
好似那堤坡的护石
也一次次跟着
晃动大小不一的脑袋

高傲的东方白鹳
在河的彼岸
草原的边缘
那高高的铁塔尖上
俯瞰

我虔诚地抬起双手
隔着清清的河
隔着静静的河
对着铁塔尖上
做掬捧状

也许以后我还会这样
用我的双手捧着你的脸庞
像捧着红彤彤的夕阳
不，你就是我心中的阳光
生生世世
永不凋谢的玫瑰红妆

2024 年 1 月 10 日于乐亭中学

最后一次散步

我坚持把每一次堤坝上的散步
都当作是最后一次
尽管我清楚地知道
我的流浪和漂泊
要等到两年之后

我每次上坝的时间
都是在黄昏
不管是春夏还是秋冬
温软的阳光
总是照着我的脚后跟

我不敢面对这里的夕阳
衰老不过是自然的规则
即便是死亡
呈现在我的哲学辞典里
也只是一种悦目的自然更新

这里是我的故土
自小而至今
我未曾离开过半步
这里有我熟悉的风景
和我深爱着的一草一木

我散步的速度一天比一天慢

目光始终游离在坝外的鄱阳湖
望着眼前美丽的大草原
心里却在想着
鄱阳湖夏季裸露的坦荡胸襟

我熟悉大坝的每一道弯度
就像我熟悉
村庄的每个角角落落
以及田野间沟渠的脉络

站在坝上，我像一个贪婪的屠夫
我想把故土的一切
夕阳除外
用眼睛这台收割机
全部收割和绞碎

然后，填充流浪的包裹
甘美的食粮
一定可以喂食我流浪路途的寂寞
流浪的包裹
慰藉漂泊最好的药方

尽管我清楚地知道
我的流浪和漂泊
要等到两年之后
我坚持把每一次堤坝上的散步
都当作是最后一次

2023 年 12 月 29 日于乐亭中学

苍翠的塔柏

苍翠的塔柏
立在母亲的墓前
左一棵
右一棵

母亲沧桑的容颜
在我的脑海中渐渐变淡
母亲佝偻的身躯
在我的心中已凝固成雕像

青青的塔柏
立在母亲的墓前
一棵高一点
一棵矮一点

儿时母亲教诲我的话语
能记起的已经不多
儿时因犯错而受到母亲的几次责罚
至今仍历历在目

遒劲的塔柏
立在母亲的墓前
一年复一年
长成两只牵挂的眼睛

中年我生活不顺时

母亲是那么焦灼并不安

中年我事业有成时

母亲又是多么欣喜和骄傲

坚挺的塔柏

立在母亲的墓前

两千多个日日夜夜

辛苦且快乐着

活在地底下的是你

长在地面上的是我

母亲啊！你无时无刻

不在给我以最大的庇佑

2024 年 1 月 25 日于乐亭中学

如果你是一只鸟儿

晨跑结束时
冬晨的雾气
开始在四周弥漫
明朗的空间
渐渐变得模糊而黯淡
我看见一团雾气
悄悄爬上你的窗台
轻掩你的窗扉
这给我增添了一种神秘

如果我是那团雾气
我绝不
绝不轻掩你的窗扉
我一定
哪怕是隔着一层玻璃
也要拂动你窗内的帘布
轻轻将你唤醒
让你看看　黑暗中
都能闪闪发光的我的眼睛

看不清　哪怕是一棵树
只看见一簇簇颤巍巍的魅影
鸟声在雾气中相互传递
我很想听清楚
它们之间传递着一种怎样的心声

我听了很久

一句也没有听懂　只是觉得

它们之间的相互鸣唱

是那么的默契

窗内的你呀

我不知道

此时你是否也在和我一样

谛听这鸟儿的鸣唱

如果你是一只鸟儿

我也是一只鸟儿

那该有多好啊

相信我们之间的和鸣

一定比这鸣禽更加顺畅和动听

2023 年 1 月 15 日于乐亭中学

夜 听 春 雨

黑暗中

聆听马尾柔顺的弹唱

二弦高奏

一支大地流淌的歌谣

万马奔腾般由远而近

汇聚在心坎上

马尾上扬

一群鲜活的生命

风中狂热的舞蹈

弦儿高亢

唪唱千年的歌谣

携着心尖儿的嫩绿

贴地潺潺流淌

思绪的马尾不歇

心中灿烂的蝴蝶

在纷繁艳丽的万花丛中

上下翻飞

独剩一具空壳

寂寞中

长久地枯坐

2017 年 3 月 23 日于乐亭中学

绝美的人面桃花

最后一粒生硬的冬雪
终于融化了
迫不及待的桃花
齐刷刷地跳上枝丫
迎着温软的春风
唱呀跳呀，跳呀唱呀
啊，春天
好不热闹

小女孩，你怎么啦
仰面望着桃花嘴里不停地"啊啊啊"
是想摘一朵桃花戴在头上
还是想闻一闻花香的味道
我俯身抱起她凑近桃花
两只小手一拍脸蛋乐红啦
啊，春天
好一幅绝美的人面桃花

2024 年 3 月 9 日于乐亭中学

执教三十八年感怀

天使的翅膀

搏击长空

望着眼前飞行的大雁

我想起了儿时的鹰

"鹰啄小孩"

母亲的话语

隐隐在耳边回响

恐惧未生

向往在心里滋滋长成

追逐的思绪

随着翱翔的鹰兜转

一圈一圈又一圈

抑或一个俯冲

再加一个凌空

雏鹰要飞了

磁性的红泥土

太厚重太厚重

杏林的花香芬芳四溢

翩翩飞舞的蝴蝶

嗡嗡嘤叫的蜜蜂

幻作五彩的云和梦

天使的翅膀

搏击长空

听着大雁嘈杂的啼鸣

我想起夜空闪烁的星辰

祭祀的蜡烛啊

我们的先祖

跨越阴阳两界的明灯

2023 年 11 月 28 日于乐亭中学

我与天鹅有约

远道而来的朋友

你飞越千山万水

羽绒间携着

南海炽烈的情愫

一路高歌

翩翩猛进

然后

温驯降落

粼粼的湖波

青青的草拂

是你高贵的脚步

挤进白云

镶入蓝空

融融的阳光

激荡

你天空优雅的路

新月钩住晚景

星辰闪现苍穹

你是

我的诗神

夜阑

你可否入我梦中

2023 年 11 月 22 日于乐亭中学

冬日下午的悲哀

小时候爬树

是想摘下天上的一朵云彩

做一件暖和的棉衣裳

为此，我捡拾了不少失望

每次失败之后

我很快又会燃起新的希望

我是多么热爱那朵云彩

我一直把它珍藏在我心灵的保险箱

偶尔拿出来拂拭和抚玩

自懵懵懂懂的少年

而至现在的年将花甲

小时候天上的那朵云彩始终没变

我非常肯定

它还在原来的位置

它还是原来的形状

它还是原来的色彩

而今我老了

爬树的技艺早已生疏

况且还需要足够的力度

想要再次爬树

只能是力不从心的悲哀

2023 年 1 月 17 日于乐亭中学

冬夜听北风

——58 岁生日之际怀念母亲

你是累了吗

为什么如此长久地

待在窗外吁吁地喘气

并用你粗蛮的手指

不时地敲打

窗沿或玻璃

你是渴了吗

为什么如此长久地

立在门外大口大口地吞吐

并用你粗暴的嗓子

肆意嚎叫　震颤

门楣或门板

瑟缩在被窝里的我

无助地望着周围的暗

甚至连窗口

也不透进一点点星儿的亮

母亲的受难日啊

想不到

竟如此的痛楚　我的心

2023 年 11 月 15 日乐亭中学

生活和选择

一位同事告诉我
明天的日出将非常绚丽
另一位同事又告诉我
今晚的月亮将烂醉如泥

我看看这个
再看看那个
默默地选取了
——自己的态度

2024 年 4 月 24 日于乐亭中学

冬晨晨跑感怀

天鹅群错杂的鸣叫声
伪装成一声声清晰的
布谷"咕咕"声
从鄱阳湖草原的深处
从鄱阳湖周边散落的小湖边
越过田野
飞临校园的上空
飞临村庄的上空

春天来了
尽管时值隆冬
多么奇妙的伪装啊
你看，温凉的晨意为它作证
朝阳红彤彤的笑脸为它作证
旱地里的庄稼绿为它作证
就连水田里的枯败杂草
也挤出一点点绿意来为它作证

春天来了
尽管时值隆冬
多么奇妙的伪装啊
无法复制的以假乱真
不，这不是伪装
这是我梦里的天秤
我要迈开更加坚实的脚步
去迎接布谷的"咕咕"声

2023 年 12 月 26 日于乐亭中学

我希望雪能下得更大一些

尽管感觉很冷很冷

我还是希望

雪能下得再大一些　再大一些

最好是漫天飞舞的那种

云雾般的迷蒙

整个世界一片白色

去想象吧

发挥我们最大的想象力

想象出一个

清明如洗的苍穹

流浪的汉子啊

不用再去寻找归途

只需立在原地或是野外

抱朴守真

尽管感觉很冷很冷

我还是希望

雪能下得更大一些　更大一些

最好是鹅毛的那种

落地嘎嘣干脆

整个世界一片苍茫

努力克制自己吧

发挥我们最大的自制力

去塑造一个

洁白如玉的自己

心中充满疑惑的人啊
不需要再去寻找真理
只需在雪地里　一步一个脚印
返璞归真

2023 年 1 月 24 日于乐亭中学

江南的冬天

沉寂的下面
是一种隐秘的躁动
蠢蠢的冲击
积聚在草木的根部
无名无姓

天鹅在萧瑟中哀鸣
不经意的阳光
滑过老牛的尾尖
掉落在杂乱的地上
不起尘埃

露珠儿没有了
霜被冻结在
枯枝败叶的表面
逝去的莲荷啊
寒风中挺立着刺刀的力量

农人的眼泪渗进泥土
那是琼浆那是玉液
不朽的华章
将在无疆无域的大地上
汩汩流淌

2023 年 12 月 5 日于乐亭中学

路　口

想你，又怕见到你
长在路口的日子
奔跑出网络的速度
去阻止时光的脚步

多情雨季绵密的雨丝
根根缠住
南国红豆的梦魇
把自己交给路口吧
让所有的日子铺成
飘在云霓的黄昏
睁着布满血丝的眼睛
望向湖心的山峰
望向远方的苍穹

想你，又怕见到你
长在路口的日子
奔跑出网络的速度
去阻止时光的脚步

我已把自己交给了路口
所有的日子都已铺成
飘在云霓的黄昏
宁静在沉默中摇摇欲坠
有没有一个合格的岁月

回答此时的沉默

我要做一个勇敢的狩猎者

狩猎光明

狩猎闯入我梦境的你

2023 年 12 月 10 日于乐亭中学

航　　标

有如一位干瘪的老头
屹立在三尺讲台
缺少表情
你静立湖畔
是那么生硬

滩干了，草坪绿了
寒冬送来了凛冽
水涨了，湖面浩渺了
酷暑躁动着汹涌
沧桑痕迹的字体
写满你的身体

入夜是你的黎明
天晓是你的黄昏
一身的胆量
一生的忠诚
你时时刻刻
记着自己的位置

有如一位干瘪的老头
屹立在三尺讲台
职守的信念
深深刻进铜筋铁骨

2023 年 11 月 26 日于乐亭中学

被风儿吹散的美丽

笔墨的起落

远远比不上

风儿抒情的歌谣

无论是白天

还是黑夜

纸张

始终没有

水乡的幽静和宽广

花开花落

是如此高尚

我用目光丈量

飘飞的蒲公英

飞翔着的黑色小鸟

还有

夜空中星星

闪烁不定的光芒

无法企及的高度

是我一生的向往

我想我应该

还原成

风儿歌谣中的一个隔音符号

被风儿吹散

叮叮当当　叮叮当当

发出光一样的声响

2017 年 4 月 25 日于乐亭中学

春

横亘在头顶上的白云
是春姑娘飘逸的衣裙
飘浮在山坡上的羊群
是如此的洁净
洁净得如同
幼童未谙世事的面容

安静的儿子静静地躺着
躺着
躺下弯成
山坡下一泓幽碧的春水
羞涩的指头不时
轻拽母亲翡翠的衣袂

2017 年 3 月 24 日于乐亭中学

春天，我要画最好的自己

春天的阳光下
树
用柔嫩的枝条
蘸着墨汁
一丝不苟地在大地上
勾画自己的轮廓

那笔墨
或浓或淡
或胖或瘦
一切
都是按照自己的想象设计
呈现在大地

万物生灵都在春天的阳光下
画着自己
她们所画的自己
也都是
出于自己的精心设计
和努力

鹭鸟画的自己
最优雅
锋利的尖喙是神来之笔
辅以细瘦的双腿撑起

就是
一幅尊贵的亭亭玉立

小草画的自己
最有趣
比笔豪粗不了多少的茎叶
粘不住笔墨
浓浓的墨汁滑落
濡染了一地

我也在画自己
在春天
在这如许的春天
我的脚
就是我最宝贵的笔
我要用它画最好的自己

2017 年 4 月 16 日于乐亭中学

春天，我祝福大地

大地永远是那么贫瘠
随意地敲敲
任何不起眼的一小块
都是
干柴对烈火的回忆

二月的月光很浓很浓
重重叠压
渗血的岩石一层盖着一层
霜雪的浓稠
比村前的梨花密
也比屋后的桃花肥

三月的阳光尽情倾吐
却永远
遮不住大地的一角
这儿一块黄那儿一块绿
不黄不绿的是
多情燕子的领地

大地永远是那么朝气蓬勃
不小心掉落湖心的我
渴盼水鸟的牵引
同时我更愿意
石缝中长出震耳欲聋的光明

2017 年 3 月 26 日于乐亭中学

钓

天空明净如洗

纤细的钓丝

垂直如柱

一动不动的钓竿

睁大了雪亮的眼睛

将意志

雕琢成一股明晰的宁静

直钩可以满足姜太公

也可以满足周公

弯钩

只能用于效劳自己

晶莹的露珠偶尔滴落

一颗

就是一个活生生的自己

2017 年 4 月 9 日于乐亭中学

洞

小河高调地宣布：
我的洞无底
风儿不甘示弱地抢着说：
我的洞无形
我很想说：
我的洞无底
也无形

天空不语
静默的天空不语

望望不语的天空
望望静默不语的天空
我惭愧地低下头
弓起的背部
小小的冰山一角
什么时候
也能弯成天空的高度

2017 年 5 月 2 日于乐亭中学

风儿没有岸

风儿比浪自由
风儿没有根须
根须是浪的囚牢

风儿比浪温柔
风儿没有脊梁
脊梁是浪的狂傲

风儿比浪高昂
风儿没有头颅
头颅是浪的悲壮

风儿却比浪更荒凉
风儿没有崖岸
崖岸是浪的最远方

没有风就没有浪
心里自由的风儿
四处是故乡

2017 年 4 月 10 日于乐亭中学

或　许
——读海子的诗（外一首）

或许
我真的有那么一副好嗓子
只是我不愿意捏住
我觉得
我觉得那样太过矫情

我天生喜欢
杀猪似的嚎叫
高兴的时候哼上几句
郁闷的时候
也憋不住要哼几声

或许
我真的有那么一副好嗓子
只是我不愿意造作
我觉得
我觉得那样太过娇柔

我天生喜欢
饿狼似的嗥鸣
就像海子
把石头还给石头和
把远方的风归还给远方

或许
我真的有那么一副好嗓子
只是我憧憬
一种遥远和
一种天然的返璞归真

三月的下午

向阳的南墙上
飞出一只只鸟
蒸腾的血丝
飘逸成无边的思绪

把手探进春日的泥土
翻出青蛙和蝴蝶
也翻出
另一个精神宁静的自己

2017 年 3 月 27 日于乐亭中学

六 月 雨

梅雨真的很有耐心
下了一个上午
又下了一个下午
现在是黄昏
梅雨仍在淅淅沥沥

长足的蜘蛛静立在蛛网上
欣赏着天外飞来的星星
阳光是遮不住的
它在时间的容器里
抚摸秋实的胚芽

2017 年 6 月 12 日于乐亭中学

星星和蒲公英

蒲公英不亮
蒲公英的样子很萌很萌
星星也不亮
星星的样子也很萌很萌

星星看不见蒲公英
蒲公英也看不见星星
很相似的两个事物
不一定
都是孪生兄弟

石头不喜欢说话
石头的内心很坚硬很坚硬
我也不喜欢说话
我的心也很坚硬很坚硬

我变不了石头
石头也变不成我
但石头和我
不一定
不能相互沟通

2017 年 4 月 15 日于乐亭中学

清明，在祖父坟前

如梦幻
在睡枕上冉冉升起
六月白茫茫的大水
在梨花漂白的四月
雪潮般
铺天盖地汹涌而来
远方的帆
轮廓越来越清晰
也显得
越来越亲切

如梦幻
在熟睡中花团锦簇
中秋圆圆的白玉盘
在烟雨迷蒙的四月
水晶般
澄澈明净地映照一切
温馨的帆
甜味愈来愈浓烈
也显得
愈来愈深刻

梦醒了
帆消失了
四月

梨花漂洗的雪

一颗小小的冰糖块

一颗蚕豆般

小小的冰糖块

记录在

一个没有长大的小男孩

心里

2017 年 4 月 4 日于乐亭中学

三月，鄱阳湖

冬风的刀子太坚硬
冬风的刀刃特别锋利
深沉的大地
伤口也太深太深
一条白色的绸带
躺伏在村外苦苦呻吟

无意于外在的完美
无意于内在的神韵
白色的血液涌动
零零落落
一块块断截的木板
漂浮成古老的象形

渔耕的焰火不灭
躺着的永远是河流
竖起的才是彩虹
长高的永远是山峦
连片的才是我的母亲
——汪汪洋洋鄱阳湖

2017 年 3 月 16 日于乐亭中学

水晶的房子

一座硕大的水晶房子
装载着千万公里的行程
也装载着
倦鸟不息的归程

这是上苍的恩赐
也是我这倦鸟的奇遇
无数次的碰壁诉说
神话演绎的真谛

阳光太强烈
会魔幻出黑暗的毒素
真理太明亮
能滋生出刺瞎双眼的银针

水晶的房子够大
真理的空间也够宽敞
能够容许我这倦鸟
无休止地前行或折回

我在水晶的房子里生活了一千年
我在真理的空间思索了整整一万天
可我至今
仍是两手空空一无所有

我是时运的爱将

同时偏偏又是

真理的弃儿

荣辱宠惊强加于一生

只要我是真理的儿子

宠儿也好弃儿也罢

我想我都应该

和倦鸟分道扬镳

我要砸碎这水晶的房子

我要与黑暗同行

那样或许我能

见到凤凰涅槃真正的焰火

2017 年 3 月 21 日于乐亭中学

最亲近的人

亲爱的　我们之间的交流

每天都是数以万计

就是在睡梦中

我也不忘记

向你传达爱意

和接收

来自你温情里的秘密

我们的爱情是如此炽烈

炽烈到

山崩地裂

你是我的水

我是你水里的鱼

离开了你

我肯定会丧失生命

我们的爱是如此狂热

狂热到

每时每刻要同你在一起

你是我生命的一部分

最亲近的人

2017 年 4 月 13 日于乐亭中学

细碎的春雨

细碎的春雨慢慢飘落

飘落在不是泥土的地面

缓行的脚步

一踩一个脚印

湿漉漉的水泥地面

倒映着

一群咧嘴欢笑的楼影

细碎的春雨轻轻飘落

飘落在硬邦邦的地面

慢行的脚步

一踩一个透明

湿漉漉的黑色衣衫

映衬着

地面点点泛动光芒的星星

细碎的春雨缓缓飘落

飘落在我多情的面庞

散漫的脚步

一踩一个宁静

湿漉漉的胸口

翻腾着

主宰人世间一切的光和暗的歌

2017 年 3 月 31 日于乐亭中学

夜 望 新 月

隔着高高的楼顶
我偷窥月亮
哦，月亮
好漂亮好漂亮

我不想偷窥月亮
月亮却从高高的楼顶
探过头来
偷窥我的模样

我不知道
月亮看到的我
是不是
也很漂亮很漂亮

2017 年 4 月 29 日于乐亭中学

有 雨 的 夜

为何这般喧闹
不期而至的夜雨
一群不安分的小猫
仿佛杂技场上
此起彼伏的喧嚣
又似
千军万马拉开了架势
在屋顶上煎熬地操练

为何这般喧闹
蜂拥而至的夜雨
一群捣乱的小猫
仿佛雷霆过后
震颤不已的心跳
又似
凌厉的寒风刮过树梢
扔下一根根带刺的料峭

为何这般喧闹
不请自来的夜雨
你可知道
孤独如我
孤独如此小屋
此时需要
静坐或是
给梦乡披上一件温暖的外套

2017 年 5 月 8 日于乐亭中学

深夜备课后

当我决定
把黑夜高举在头顶
我知道
黑暗会溅湿我一身
如同校园外白天
大片大片金黄色的油菜花
芳香招徕蜜蜂
还有蝴蝶
舔食自己的骨髓

我注定
将在湿漉漉中死去
我放下黑夜
也放下一切
然而我的思想没有轻松
眼前也没有光明
一个更大更深邃的憧憬
夏夜萤火虫般
游离在遥远遥远的星空

雾 中 行 走

白茫茫的一片
浓浓的雾烟
挡住了我的视线
不见山
不见水
也不见人影和鸟兽
眼前
只有路边近处模糊的杂草

孤独无助的我
呆立浓雾中
心绪茫然
但我还是要开始摸索
因为我坚信
只要我的心不盲
出路总在前方

静 听 夜 雨

轻轻地
你来了
在这柔媚的早春的夜晚
你踏着亘古不变的节律
淅淅沥沥地来了

你从遥远的历史中走来
你从厚重的历史中走来

你用细若发丝的柔情
亲吻大地母亲俊俏的面颊
你用轻如飘絮的柔情
轻抚大地母亲饱满的胸膛

轻轻地
你来了
在这柔媚的早春的夜晚
你踏着亘古不变的节律
淅淅沥沥地来了

你从遥远的历史中走来
你从厚重的历史中走来

你用你宽阔的双肩
和大地母亲一起

激情演奏伟大的爱情乐章
孕育世间万物
让世界变得更美好

轻轻地
你来了
在这柔媚的早春的夜晚
你踏着亘古不变的节律
淅淅沥沥地来了

你从遥远的历史中走来
你从厚重的历史中走来

我为你和大地母亲
有这样伟大的爱情而骄傲
我为你和大地母亲
有这样伟大的爱情而歌唱

我歌颂你们伟大的爱情
我歌颂人世间的一切美好

又见草莓熟

肥大的红硕
是我童年的渴盼
搜寻于草间
探索于地头
父亲严厉的苛责
远远地丢在了身后

一颗一颗
又一颗
惊喜的欢叫
满足了儿时的饥饿
旋转，升腾
升华成激越在心中永久的乐观

月 夜 抒 怀

高悬于天空的月亮

震落一地的银霜

月光

在树梢　在草地

滚动　吓跑

胯下正骑着的焦虑之虎

夜渐深　夜很静

突发奇想的我

把夜　也把自己

挤碎　全部摁进洗澡花的花蕊

让夜香

在睡梦里氤氲

我愿是你的夏天

抬头一片天
我的朋友在向天揖礼
我也跟在朋友的身后向天揖礼
一股虔诚
从天流到地　从古流到今
这是一种幸福

冰冷孤寂的世界
根本就没有什么快乐和幸福
茕茕独行的人啊
闭塞
只能使自己
失去越来越多的幸福和快乐

我愿是你的夏天
我愿用我的成熟证明
所有的拒绝合作都是错
我愿用我的虔诚感召
热情地拥抱生活
闭塞的心房照样开出美丽的花朵

板　书

圣洁的字体　　是一条条流动的小溪

在黑板　　这一神圣的土地上

缓缓流淌　　欢快的小蝌蚪

在水中嬉戏　　忽聚忽散

美妙的五线谱　　摆放在黑板下方

演奏起舒缓而又凝重的曲调

粉笔在耕耘　　老牛在拉犁

肥沃的黑土地　　苍劲的字体

春的美丽　　夏的成熟

秋的硕果　　冬的生息

还有很多很多　　仿佛一块

小小的黑板　　便是整个无穷的宇宙

我守候着这块黑土地　　像老牛犁地一样

在黑土地上奋笔疾书　　指尖间

纷纷扬扬飘落的粉笔灰尘

下成初夏的一片汪洋　　汪洋里

泛动着　　四十多个火一样炽热的渴盼

还有　　四十多颗饥饿的心脏

流　水

一个哲理
在你的体内缓缓流淌
如同你的晶莹如同你的透亮
还有你的随遇而安

我不知道
人们在意的是你的哲理
还是你本身
我只知道
你曾在无数个黑夜
在我熟睡的时候
多次流经我的胸膛

夏夜，有梦入怀

轻轻地　轻轻地
揽一片云彩
拥入怀中
细数
星星的亮光

流萤乱舞
群蛙鼓噪
煮沸的夏夜
视觉
柔若无骨

山也无奈
水也无奈
苍老的胡须
触碰
童年的梦幻

举一轮新月
镶嵌云天
轻轻地　轻轻地
夏夜
有梦入怀

2015 年 6 月 30 日于乐亭中学

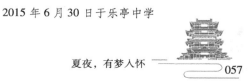

夏夜，有梦入怀

天空，我的草原

蝉的鸣叫

将响彻整个夏　释放

十七年漫长的渴盼

智者　请泄露生命的密码

夏的来临　我将

我将奉献我的一切

重组意象

风雨雷电　远眺的心脏

播放天书的符号

一棵老树

够高大够宽敞　撒满沟沟壑壑

云是山的脚

天空　我的草原

演绎夏的富足

一群呐喊的声音在草原上空回荡

骏马奔驰　神鹰翱翔

时间的墓碑上刻着

美　真　梦想

风儿跑进我的房间

风儿跑进我的房间
鼓捣一切可以鼓捣的
听声响
那风儿
是一刻也不肯安静
这不　风儿又附着在我的耳边
轻声细语地告诉我
你房间的窗户打开啦

其实我没有睡着
我只是伏在窗前的案台
缓慢地打开自己的心扉
让美进来逛逛　让美进来歇歇
这时候遇到这样一个淘气的孩子
我只有报以同样稚嫩的笑意
笑声
竟然在房间里熊熊燃烧

2017 年 3 月 17 日于乐亭中学

时　间
——读苏利·普吕多姆的诗《天空》

时间长什么样
时间没有胡须
也没有苍苍白发
劝你
别把时间想象成
古态龙钟的老头

时间长什么样
我也不知道
我的想象
时间应该是一个
英俊潇洒　沉默寡言
且勤劳的后生

你看　他正用手
握着一支纤细刚硬的笔
一笔一画
细细地记录着
你我他的一切变化
却始终不说一句话

古态龙钟的老头
没有如此旺盛的精力
更没有如此清晰的记忆

只有英俊潇洒的后生

才有如此勤劳的手

才有如此灵动的笔

时间不老　我安分守己地

站在时间的一个盲点上

恪守

来自生老病死的规则

期待

成为时间浓墨重彩的一个刻度

2020 年 10 月 24 日于乐亭中学

我梦见了我自己

昨夜，我梦见了我自己
仿佛我在面对着一面古铜镜
我们久久地相互对视
我的左膀变成了他的右臂
我笑
他也跟着笑
我叹气
他也跟着叹气
当然
无论是笑还是叹气
他都没有声音

昨夜，我梦见了我自己
犹如我背对着夕阳在散步
我们各自在努力地反省着自己
我的矮小变成了他瘦长的黑影
我动
他也跟着动
我停
他也跟着停
只要是我的指令
他都小心翼翼地执行
一切都看得很分明

我的过错
无处遁形

2017 年 5 月 7 日于乐亭中学

那 是 自 然
——写给我的学生们

为什么太阳点燃了黄昏
自己却消失得无影无踪

为什么黎明想迎来初升的曙光
必须先经过一段眩晕的黑暗

为什么彩虹只在雨后的晴空才有可能出现
晴朗的晌午找不见它丝毫的踪影

为什么大江大河都发源于遥远的高山大川
一马平川的平原只能是它们的下游

为什么我这个半大不小的少年天天要背着书包去学校
大人们却是那样的自由和惬意

为什么……
我有很多的为什么

路边的草木与闲逛的风儿竞相回答我
那是自然，那是自然……

2017 年 9 月 4 日早晨于乐亭中学

请 珍 惜

夏天
风最好
在阳光的手掌
劈打不到的地方
风
陪我谈笑

家中
妻最好
在风雨的魔爪
侵袭不到的地方
妻
陪我长跑

2017 年 5 月 24 日于乐亭中学

我是一片小小的叶

我是一片小小的叶
一片小小的柳叶
或是其他什么叶

我温顺我澄澈
把我放进你的嘴
能吹出你的泪
也能吹出我的热
月夜的大地啊
秋霜一样的白

我是一片小小的叶
一片小小的竹叶
或是其他什么叶

我娇媚我纯洁
把我放进你的嘴
能吹出你的智慧
也能吹出我的梦寐
牧童鞭上方的云端啊
鸟儿一样缓缓飞

我是一片小小的叶
一片小小的草叶
或是其他什么叶

我是美丽花儿的陪衬

请把我放进你的嘴

使劲儿吹

使劲儿吹

我会渗进你的心里

让你活得比花儿还美

2017 年 6 月 18 日—19 日于鄱阳鸿宇大酒店

鄱阳湖大草原

天鹅
大地华丽的秋装
惹得
星星点点的目光
在鄱阳湖大草原
闪烁游荡

远远地
一只硕大的东方白鹳
自草原深处
那草天相接的地方
翱翔而来
停立在高高的电线塔顶端

陡地
肃穆在游人的心里
冉冉升起
大草原
也因此变得高洁
而又耸立

2020 年 10 月 5 日于乐亭中学

日　子

穿过时间的巷弄
左弯右拐
我来到了日子的平台

我的日子很简单
只有白天和黑夜
没有黄昏和黎明

有多少个白天和黑夜
的日子　就有
多少个黄昏和黎明

只是我没有去注意
那黄昏和那黎明
因为我只是一个
普通人
一个普普通通的
普通人

2017 年 5 月 10 日于乐亭中学

吮吸蓝色的韵味

一只只天鹅
在秋日高远的天空
吮吸
宁静而又迷人的蓝色
桂花一样香甜的蜜汁

那蓝色
大海一般的梦寐
越来越明净和澄澈
天鹅的羽翅
濡染无数蓝色的韵味

我不禁张开了嘴
大口大口地吮吸
无边无际的蓝色韵味
心里升腾起
一股圣洁的敬畏

2017 年 11 月 1 日晚于乐亭中学

我为善而生

比我翻书还容易
青蛙　你用几个简单的"呱呱"
滚动一首春天的歌

夜不再静寂
明亮的声音
编织春夜的温馨

你为爱而来
我为善而生
还有一个是我的

手指在书页间掀动
一页又一页　一页又一页
一掀一个美丽的梦

简陋的农家小屋蹲坐在
民间自由歌手摆放的琴弦边
夜的黑暗中倾听着简单的唱和

2017 年 2 月 25 日于乐亭中学

我 和 天 鹅

天鹅总在早晨鸣叫
我常在夜里吟唱

天鹅的声音从咽喉里发出
我的情感通过笔端流露

拍拍脑壳想一想
我俩的相通之处

天鹅热爱大自然
我懂得珍爱生活

2017 年 11 月 5 日于乐亭中学

我们都有一双勤劳的手

不用羡慕上下翻飞的蝴蝶
它自有飞行的翅膀
能够翩跹于
色彩斑斓的花丛间
我们都有一双勤劳的手
能够打造出
比花园更绚丽的世界

不用景仰冲天而上的雄鹰
它本来就有冲天的气魄
能够翱翔在
恬静悠闲的白云之上
我们有美丽的梦想
能够遨游于
遥远深邃的苍穹间

更不用嫉妒光辉的太阳
它只是大自然的一个普通创造
能够发出
光照万里的光芒
我们有伟大的理想
同样能够缔造
一个光辉灿烂的世界

我们就是我们

我们不羡慕和景仰别人
更不会嫉妒别人
我们都有一双勤劳的手
我们有美丽的梦想和理想
我们要去创造
一个光辉灿烂的榜样

2017 年 9 月 1 日即兴于乐亭中学

一 只 白 鹭

荷花不再高洁
因为有你
在这美丽的夏天
你比夏天更美丽

风儿不再随意
因为有你
在这倾情的田野
你比田野更倾情

阳光不再广阔
因为有你
在这幽美的意境
你比意境更幽美

青山远黛
蓝空洁净如洗
你的一起一落
溢出沁人的乐音

对你的赞美　白鹭
我无法
用形容词来描绘
用水墨来勾勒

2017 年 5 月 30 日于乐亭中学

月 夜 漫 步

有如读一场风

可以是寂寞和孤独

也可以是寒冷或畏怯

面对着如此浩渺的月色

我多想

驾驶一叶小舟

轻轻地荡着双桨

去那

去那湖的对岸

把那

若隐若现的山岗

悄悄抹平

然后

再铺上一层浅浅的云

我不是要做神仙

海市蜃楼

绝不是我的梦想

我只是想

让水乡的翅膀

借着浮动的云彩

去亲吻更远的远方

有如读一首诗

可以是欣喜和豪迈

也可以是抑郁或悱恻

面对如此洁净的夜空

我多想

把我的小舟

弯进激流涌动的银河

去那

去那银河的深处

把那

烁烁闪光的菱角

采摘几颗

然后

散开衣袖在空中漫舞

我不是人间极品

贪图享乐

绝不是我的追求

我只是想

让水乡猎奇的眼睛

循着漫舞的曲线

睁得更加饱满

2017 年 6 月 21 日于乐亭中学

午夜的宁静

喧嚣了一天的尘埃
渐归岑寂
忙碌了一天的人们
依稀梦里

依稀梦里
忙碌了一天的人们
残月尚未升起
风在点燃午夜的美丽

渐归岑寂
喧嚣了一天的人们
蛙声清脆
草丛里飞出一颗颗虫鸣

这时候我看见了星星
穿透重重的夜雾
安逸地挂在天上
照亮午夜的宁静

2017 年 5 月 22 日于乐亭中学

脚　音
——也算是一种纪念

你的脚音是那样
那样的轻轻
轻轻的如同
你的唇印在
我额上的吻

你的脚音是那样
那样的温馨
温馨得如同
夜莺滑过
寂寂夜空的歌音

我久久地忆着你的吻
在你的吻热中
我缓缓地摩挲
摩挲着甘醇
绵绵的失明

我忘不了夜莺的歌音
在夜莺的歌音里
我细细地揣摩
揣摩着来日
方长的激动

夜莺，你的吻
我希望
时间就此打住
让我以一生
做你的殉葬品

2020 年 9 月 25 日于乐亭中学

旗　帜
——致中考冲刺的学生们

旗帜本身没有力量

旗帜只是一种符号

有了风

旗帜才能欢笑

旗帜才能飘飘

旗帜是图腾

旗帜是一种景仰

旗帜的力量

来自

内心积极向上的风暴

我们是该相信肉体的疲惫

还是该相信内心的风暴

摸摸胸口

问问跳动的心脏

答案在那里跳荡

2017 年 6 月 2 日于乐亭中学

台　风

亲爱的　请不要
把我驱赶到无路的地方
我的脚已涉水
即使是坚冰的意志
我也敢把它踩碎
可是你的一道指令
已使足够多的秋叶飘零

生活　请不要
把我排斥在你的视线范围之外
杜鹃啼血的信号
将无法到达
花好月圆的静谧
可是你的一道指令
已将我陷入深深的万劫不复

亲爱的
请不要……
因为我爱你

2016 年 3 月 23 日于乐亭中学

也许，明天我会是长江

长长的河流
犹如一根粗长结实的扁担
肩挑幸福的祖孙俩

扁担的一头
是彤红彤红的夕阳
扁担的另一头
是皎洁皎洁的新月亮

夕阳在沉沦
新月在上飘

坝顶上
走着一对老夫妇
携着一双孙子女

孙女是吃米饭长大的
养得白白胖胖
孙子是吃红薯长大的
长得壮壮实实

我望向他们
他们在笑
我再看看我自己
一点儿都不感到迷茫

尔后
我纵身跳入
堤坝下的昌江

我不是要游泳
我是要去寻找

因为我知道
昌江里有过无数人的足迹
还曾有过
无数个左肩膀和右肩膀

我要去寻找……
也许
明天我会是长江

2018 年 6 月 28 日于乐亭中学

流动的白色思念

冬天的雪掉落在地上
夏天的雪聚积在空中
隔着时空的长河遥望
望见的是
一道流动的白色思念

一抔抔黄土
堆积成一座坟茔
伫立母亲墓前
我很想细诉
半年来对母亲的彻骨思念
耳畔却响起了
母亲对我的声声呼唤

在水沟边
又或者是田垄地头
当然还有村庄两旁的小树林
母亲的声音
追逐着头顶上的白云
那声音一声紧似一声
却又一声比一声温柔

泪水溢出了我的眼眶
然后顺着面颊
雪花一样飘落在地上

我没有擦拭眼泪

这是我的雪花

它将渗入地下

长久且安静地陪伴我的妈妈

2018 年 8 月 26 日于乐亭中学

在你的瞳仁里

在你的瞳仁里
我看到了
无数不同人的身形
犹如晴朗的夜
满天眨啊眨眼的
星星

在他人的意识深处
我读出了
一个个鲜活的你
似望日的夜空中
一轮特步独行的
月明

壶里的水烧开了
水壶里煮的
是你　也是我
冰雪晶莹的一颗颗
透明的心

2018 年 6 月 11 日于乐亭中学

失　忆

他
总是选择在上班的路途中
习惯性地掏摸口袋
紧接着
匆匆折返

一不小心
钥匙在口袋里
翻滚
他
迟迟疑疑地停住脚步

这是他多年来的习惯
也是他多年来的失忆

冥冥中
他总觉得有一种温馨的警示
强迫他确认
母亲
就在家里

于是
他不得不一次又一次
重拾这多年的习惯
重拾这多年的失忆
和那失忆后的飘零

2018 年 10 月 8 日于乐亭中学

 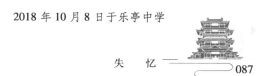

妈妈，我知道

妈妈，我知道
你喜欢清静
厌烦尘世的喧嚣
我给你
重找了一块墓地
那儿比山林还沉静
一片树叶的掉落
便是银针
碰撞大地的回荡

妈妈，我知道
你喜欢安宁
不愿有人来打扰
我给你
新选了一块墓地
那儿比仙境还静幽
一只母鸡的吟唱
便是康乃馨
竞相绽放的芳香

我终日不出校园
我整天与诗书为伴
我的心
比山林还沉静
比仙境还静幽

妈妈，我要把你

迁葬于我心一隅

从此不再

有人来惊扰你

2020 年 10 月 7 日于乐亭中学

细听雨声（组诗）

（一）

昨天的一切
不用托付给谁
我已将其打包
存于密封的暗室

至于昨天的钥匙
我早已忘记其定义
只是依稀记得
它弯曲的符号

（二）

没有瓦弄
也没有厚重的墙壁
就连村外不远处的山头
也不是山头

蓝天下比楼顶高出许多的连绵
是一道道前仆后继的波浪
我发现我不是居住在山下
我是生活在水里

（三）

雨在屋外叫嚣
杂乱无章的声响

确实很难给它整理出一个
合理的主题韵调

豆粒般大小冰冷坚硬的雨滴
在疯狂地击打窗玻璃
我已无能为力
权且把它当作一种召唤

今天的生活
必须迎接今天的风暴

2017 年 8 月 11 日—12 日于广丰

蓝蓝的不只一片天

蓝蓝的不只一片天
深秋的花海
涌进夏日不息的波澜
一泓幽静的湖水
舒展着蓝色的图画
活动在渔船乘风破浪的尖上

蓝蓝的不只一片天
嫩春柔软的发梢
抚平深秋初冬的腰际
湿地无秋也无冬　人在花海
蓝蓝的意境
洋溢在脸庞眉梢

2016 年 11 月 16 日于乐亭中学

我愿意越活越小

碗口大的池塘容易出现大鱼
一桥的飞跨演示着种种惊奇
浩瀚的海洋至今未见
哪条鱼儿测量两岸的短长

鱼儿属于水　　鱼儿不属于岸
飞跨的桥儿搁浅在草洲水滩
海洋永远是海洋
没有桥的概念
再大的鱼儿也是海洋未成年的孩子

我是鱼儿
我渴盼回归大海
弯曲的港港汊汊摆列成精妙的迷幻
深陷泥潭的脚步被禁锢得不能自拔
满脸的生痛烙印在水草上

我是小鱼儿
我愿意越活越小
暴涨的洪水闯过淤泥的阻碍
我将洪水缠住的脚左冲右突
这是海洋赏赐给我的嫁妆

2016 年 4 月 26 日于乐亭中学

一首锁在门缝里的诗

一双抓秧蓐草的粗糙的手
细腻地雕刻出
蝴蝶羽翼的俊俏

不落的地平线渐行渐远
龙钟的夕阳腾身跳进湖水
追逐飞扬渔歌的云朵

长风的头发书写晚霞
眉毛　一辈子的心债
已经圆满

一首诗　一束深陷门缝
燃烧了上下五代人的辛苦之光
在地平线暗合处挣扎

2016 年 5 月 3 日于鄱阳县人民医院

风的絮语偎依在我的肩头

夜的根基很深很深
高大粗壮的暗夯实所有角落
千古流传的道德经文
镶嵌滴滴金玉的甜音

潺潺的水流泛动耳的愉悦
咕咕的蛙鸣牵动
美丽的蒲公英夜空中星罗棋布
亮光引来蜂飞蝶舞

收拾好倦怠疲惫的腰身
我信步踏入夜雾的静谧
清凉的夜气啊
书页儿般一页一页掀过

暂且不去想红楼细事
也不用去想什么四大皆空
放下一切该放下的非分
风的絮语紧紧偎依在我肩头

2016 年 5 月 7 日于乐亭中学

风 的 陷 阱

风吹跑过落日
也亲吻过黎明
风吹败过草木
也抚慰过嫩绿
风吹哭过天空
也熨平过蔚蓝

风是一种灼热
也是一种温馨
风是一种悲伤
也是一种欣慰
风是一种刻毒
也是一种大度

风是一个陷阱
风是我一生的过错
我要站在浪尖的风口
任凭风把我的骨头撞碎
让灵魂陪伴着摧残
去寻找新的出路

2016 年 5 月 8 日于乐亭中学

初三第七次大联考监考

这是第几个轮回
一场考试的时间那么长
我无法记清
窗外的鸟鸣
也没有给我衔来答案

坐在时光机的豪华舱里
一生的时间那么短
苍白的头发细数
太阳头顶上
暗流涌动的星辰

四面八方灼热的风赶来
腾出一教室的平静
无嘴的空气掣出利斧
监的是学生
考的更是自己

2016 年 5 月 10 日于乐亭中学

黄昏散步湖边

乍一看，成排的香樟
把它们婆娑的树冠
深深地藏在了水底
就连阳光雨
也一起搬进龙的水晶宫
水面上没有什么动静
一条细小的鱼苗
足够掀起汹涌的波澜

平凡的生活，普通的岗位
我从未想过头角峥嵘
摸一摸自己裸露的身子
从上到下平滑如镜面
没有半个棱角
唯有体内滚动的太阳
时时喷涌
令人窒息的樟香

2016 年 5 月 17 日于乐亭中学

五月的阳光

为什么要伤春

奔放的五月横跨过春末

阳光轻轻一个弹跳

飞身攀上了水乡高高的顶楼

林立的高楼啊

火热的光芒中燕飞雀噪

青涩的瓜果面挂羞娇

低矮的山丘锁不住秀色

青青的田野跳动夏的心舞

一只苍鹰旋起

粉黛的阳光

融进白鹭矜持的高洁

布谷的鸣声早已远去

氤氲的绿托举夏收的梦

为什么要伤春

激情的五月越过田野

匆匆的阳光

踩动一湖面细碎的波光

隆隆的马达声响起

湖的儿子

向往风浪的搏击

2016 年 5 月 19 日于乐亭中学

夜遇萤火虫

在这夏夜的雪地我们再次相遇
见到我你是又哭又笑
一种辛酸　一种幸福
镶嵌在你闪烁的眸子里
见到你我的心却飘忽不定
生的寂寞　死的导引
忽明忽暗是蓝色的焰火在抉择

月夜是一道我们自由进出的门
飞吧　飞吧
我要飞进你隐秘的心脏
蓝色的焰火定会把你的前世燃烧
飞吧　飞吧
请你飞进我熊熊的亮光
蓝色的焰火将把我的今生渲染

2016 年 5 月 22 日于乐亭中学

走向夜海的深处

路灯的前面还是路灯
不经意的暗如同过涧的云
悄悄从肩头滑过
抽不尽的雨丝纷纷洒落
偶尔钓起一两声虫鸣

我喜欢这馥郁的夜雨
淅沥的灯光泛动安逸
静谧把路两旁的房屋撑得很高
不必忌讳死亡
我的归宿很短也很长

拽着时短时长的身影
我缓步走向夜海的深处
无心去翻找白天的忧伤
蛙声轻轻托起
我不一样的呼吸自由

2016 年 5 月 26 日于乐亭中学

心灵的风景

满满的一湖夏水
泛动冬草的苍翠
水面并不平静
是湖水涌动波浪
还是风吹碧草荡漾
潜水的鱼儿
深水草间捉迷藏

快乐的水鸟不停穿梭
宽广的湖面没有门
飞来飞去还只是湖的上空
岸泊在水边
门开在八方四面
每一道岸就是一道门
归航的人笑迎晚风

我常在醉人的黄昏
漫步堤岸　一转身
你的面貌又显得模糊
是我爱你爱得还不够吗
那么
请允许我把心舟
航行成你心灵的风景

2016 年 5 月 31 日于乐亭中学

心　曲

夜色的无影灯静穆

光照古圣贤空中博弈

黑子很沉很沉

沉得所有的黑子没入天河不见踪影

棋枰上白子只有等候

棋局不作废　永远没有胜负

时间的火舌吻舔

雪马儿柔肌滑骨的高亢

母亲是夜色

山岗上传来稀落的黎明

如瀑布

冰清的白子透明虚无

摸一摸自己虚无的身子

如纱如雾　又喜又忧

月钩儿挂不住颤抖的手

下辈子

我的旅程将和谁携手

2016 年 6 月 2 日于乐亭中学

饮　茶

沏起一杯茶

沏满一杯悠闲

没有客人

闲暇的空气中

呷酒一样

呷一小口茶

又呷一小口茶

茶香飘飘

茶味淡淡

心里升腾起

一片山花的烂漫

眼睛迎来

蝴蝶——我娇贵的客人

三三两两门前舞蹈

2016 年 6 月 5 日于乐亭中学

野　花　颂

你来了
骑着夏日的风
踩着夏日阳光的霭
你来了
悄无声息地来了

你立在田头地埂
立在房前屋后
也立在树底下及其他地方
仿佛冬季的雪花开遍山野
在这融融的夏
你一夜之间
开满了江南的角角落落

你的到来
没有引起世情的喧哗
你绝对属于菊科
陶渊明只在秋天行走
他的诗
姓秋不姓夏

江南把五月交给了栀子花
五月江南的每一粒泥土
都染上了栀子花的香白
你在这错误的季节

遇上了强大的硬茬　注定
喧哗的波澜必须风平浪静

可你依然开得那么强势
强势到内心波澜不惊
强势到我心内颤动
我歌颂你不光是为了你
也为我自己
及和我一样的人

2016 年 6 月 6 日于乐亭中学

雨水，万物之母

一根根生硬的枝条
幻化作无数头怪异的猛兽
从四面八方
向我猛烈地围攻过来

我心惊悚
躲藏在汗毛孔里的恐惧
彻底绝望
无路可逃　无路可逃

我颓然倒下　哗哗哗……
雨水
万物之母
又一次拯救了我

2016 年 6 月 7 日于乐亭中学

端 午 感 怀

有一个故事
在汨罗江修炼了很久很久
从两千年前的战国动荡
一直修炼到现在的和平稳定
他没有修炼成水中仙
他修炼成了华夏文明的脊梁

有一个人
他在汨罗江修炼了很久很久
从骁勇的楚国没落
一直修炼到今天的繁荣富强
他没有修炼成菩提
他修炼成了中华民族的内涵

荡起我们手中的桨吧
华夏子孙　万众一心
把龙舟划进长江
划进浩瀚的东海和南海
巡视祖国神圣的海疆

荡起我们手中的桨吧
中华民族　同心协力
把龙舟划进黄河黄海
划进祖国的心脏——中南海
举世瞩目的中国龙
在首都北京的上方腾空

2016 年 6 月 8 日于乐亭中学

请别叫醒夏天

露水把阳光调和得
均匀而又绵密
仿佛我们是海底的鱼

鱼儿在阳光中飞行
我们在露水中游动

一颗露
就是一颗星星
一颗太阳　一颗地球

我们数着星辰计划明天
我们采集阳光充当口粮
我们踩着地球测量自己的高度

夏　就是这样一个
露水养大的梦
没有夏　没有露
就没有梦
我们将一无所有

我恳求　别叫醒夏
夏天的日子很长很长
怀孕期间需要充足的睡眠
梦也一样

2016 年 6 月 13 日于乐亭中学

请别叫醒夏天

聚　会

你从远方来

你回远方去

我从来中来

我到去中去

我们的聚离

聚少离不多

相聚是缘

别离是福

亲爱的老同学们

请允许用我的豪言

描绘我们青春的落幕

无愧人生

是我们最大的满足

2016 年 6 月 12 日于乐亭中学

叫不出名儿的鸟

我们这儿能叫出名儿的鸟

不多　也就

燕雀、八哥、布谷之类

白鹤天鹅其实也不稀奇

冬季的鄱阳湖

浮动一水面的噪声

喜鹊也能叫出名儿

不过

时隐时现有些神秘

我们这儿叫不出名儿的鸟

更多　叽叽喳喳

满树林满草地地飞舞

儿时的目光　常飞翔在

鸟儿的起落

一种敬意

一种怯生生的敬意

画满狐疑的幻影

定格在某只鸟儿的起落

是画眉　还是黄鹂

知更　抑或白头翁

大人们给不出答案

现在的我　也包括我的孩子

一代又一代

已习惯于这种没有答案的生活

不知名的鸟儿啊

和我们这些不知名的纯朴

组合成一种没有答案的相安

但愿　种植在内心的善良

能代代相传

也愿神秘的喜鹊

不再神秘

2016 年 6 月 15 日于乐亭中学

雨　后

一场暴雨过后
我踩着湿漉漉的路面
想去野外采摘几束阳光

太阳一点儿也不作态
乌云的琵琶盖住整个身形
不过这不影响我的心情
脆生生的鸟鸣
从飞行的头顶
还有路旁的树林
硬邦邦地向我砸落下来
似是一阵暴烈的阳光雨

穷人家的孩子不解青梅韵
圣洁的白鹭从稻根深处
叼起一束
儿时雨后亮丽的彩虹
彩虹底下　　一个女孩
两指夹着一条青蛙的后腿
大喊着我的名字
书呆子　　书呆子
一路兴奋地向我跑来
一双明亮的眼睛
灌满两汪汪钦佩和羡慕
或许　　是她两汪汪的钦佩和羡慕

把我送在今天的路上
一个记忆了几十年的画面
越擦　越清晰

身后传来隐隐的雷声
哦　梅雨
梅雨季节
暴雨过后不一定是晴天
心里的阳光
一束又一束

2016 年 6 月 18 日于乐亭中学

燕雀最平凡

燕雀的生活最平凡

日出成双

翱翔　觅食

安逸的生活挂满阳光

燕雀的追求最一般

日落携伴

归巢　休眠

满足的神情浸透月霜

一切都是那么自然

自然的法则上清清楚楚地写着

欲望没有滋养的温床

悲伤没有栽培的土壤

唯有流星雨

流星雨是燕雀

攀爬天堂的偏方

白云飘飘　碧空映野

梦寐的画面

漫展　天堂下降

燕雀飞行的影子投下时尚

翠碧的草根底下

两个荷锄的虫伴

奔向死亡

温馨溢出道道安详

我在水中渐渐长高

2016 年 6 月 20 日于乐亭中学

把心交付给蓝天

蝴蝶一只接着一只地飞来
沿途撒播着时间
时间的荷上都有特别的记号
或红或紫或白或黄蓝色的花
一堆堆一簇簇在风的梢头摆动
只是在等待结籽并且一定会结籽

我也是这样一步接着一步地走来
沿途也撒播了一路的时间
每棵时间的荷上我都留有特定的记号
乳牙童牙成年牙和黑白头发
它们一样在风的梢头摆动
我在等待结果
可结果是我满头华发

时间很真实
可我的时间很不实在
春去秋来的天鹅白鹤一拨又一拨
装点了天空灌满了湖面
是那么生机勃勃
时间的标签漫天飞舞贴得到处都是
自然的车轮滚滚碾压我憔悴的生命
我愿把心交付给蓝天赎回我精神的安眠

2016 年 6 月 27 日于乐亭中学

薄 暮 赏 荷

所有的月光都在这里驻足
所有的风都在这里停歇
阳光也不例外
蹲身
轻抚片片荷叶

记得去年我也曾来过这里
也是这样一个薄暮时分
见到你我很激动
不过不是在六月
而是五月

你问我为何失约
我鼓捣了半天口舌
终于
讷讷地蹦出一句
我喜欢写诗

你笑了　笑得那么开心
以至于
我不用偷窥
便看见了
你眼中那翠碧的荷叶

今天　我又来了

旋风一样快速地贴近你

阳光没有更新

诗形的条码幻想

今夜的月色一定很美很美

2016 年 6 月 29 日于乐亭中学

梦，立在云端

黄昏　夕阳

苍茫中飞行的燕子

振翅高空

仰望燕子

衔一朵白云归巢

裹一朵白云入梦

梦　立在云端

掐一掐自己的身体

生痛生痛

往事回首中

似梦非梦

2016 年 6 月 30 日于乐亭中学

雨 中 即 兴

雷雨来临之前
空中早就撒满了恐惧
云朵悄悄依附
风儿蹑手蹑脚
一点儿也不敢高声喘气

雨是下了
可是千万个雨点
数不清恐惧
千万个雨点
谁也说不出恐惧的来源

或许只有我在想
恐惧
只是一时路过
心儿
应该四平八稳

2016 年 7 月 1 日于乐亭中学

好一个大晴天

潋滟的绿轻抚清新的光

浅浅的黄无法静默

稻田上滑来滑去

试探着开拓无垠的绿色疆域

没有蛙鸣　也听不见其他声音

绿色的焰火在静穆中点燃

昂首的白鹭自不甘寂寞

振翅　银色的子弹一颗颗

相继弹射　白流苏的力度

一次又一次穿透我的心窝

不能倒下　不能倒下

强忍着疼痛　我伸展双臂

亮着嗓子极力张开嘴

一遍又一遍拖着长音"啊——"

涤荡脏腑的音流

纷纷滚出我的肺部

滚过眼前这田野的旷阔

晴天　好一个大晴天

心胸是如此宽广

2016 年 7 月 5 日于乐亭中学

大写的七月

一张洁白的纸

画上帆影点点

湖的语言

船在雾中飞

赤裸黝黑的湖神

锁定

乘风破浪的方向

一张洁白的纸

抹上浓墨重彩

土地的语言

绿沉淀在明镜

饱经风霜的土地神

放跑

蹄轻身健的白云

2016 年 7 月 7 日于乐亭中学

我的夜是一只空茶杯

这是一只空茶杯
无底的声音
一阵紧似一阵
敲击着易碎的心
开在兰花上
和着朦胧的月
织成一个冰冷的夜

山的那边是什么
山的那边是什么
满天泛动的星辰
一颗星
就是一颗相思豆

2016 年 7 月 8 日于乐亭中学

我们不需要看台

没有看台　堤坝
是我们最好的观众席
贵族的血统
在手牵手的坚强传递中
浇铸起
一道永不倒塌的长城
我们
笑听洪水的咆哮
笑看猛兽的张牙舞爪

没有掩体　堤坝
是我们最好的反击战场
英雄的豪情
因洪水猛兽的狂妄
而水涨船高
雷声不用怕它
大雨滂沱也是小事一桩
饿了啃块馒头
渴了随手将猛兽撕一条裂口

我们不需要看台
我们也不需要掩体
洪水猛兽的叫嚣
只是一时的虚狂声张
防洪抢险保家园
靠的是军民团结一心

2016 年 7 月 10 日于乐亭中学

我们平躺在草地上

我们就这样平躺在草地上
且不管近处有几处茅屋
相对的双目深情地照见彼此
你摸摸我的胸口
我瞧瞧你的心窝
幸福悄然爬上你我的脸庞
发表诚挚的祝贺

这是我们内存的一个机密
一颗心脏　两个建筑
左边的是一幢小巧的别墅
累了我们常在里面歇息
右边的是一座精致的花园
空闲时我们就出来溜达溜达

我们就这样平躺在草地上
世界真的很静很静
没有任何一点儿声响
且不说虫鸣
风也不忍打扰我们这样的亲昵
在离我们很远很远的地方
悄悄溜过　太阳呢
一个全身长毛的老古董
黄昏中躲进树林的身后
怎么不肯露头

世界真的很静很静
忽然
我觉得世界很小很小
只有我们的别墅花园和草地
同时
我又觉得世界很大很大
还是我们这别墅花园和草地

2016 年 7 月 12 日于乐亭中学

好 好 活 着

好好活着
为了我们的健康
更是为了我们的幸福快乐
不要计较太多
要懂得
付出是一种修养
更是一种幸福快乐

不管我们前面的路
是荆棘满途
还是泥泞坎坷
哪怕是
为了诗歌的最后一抹阳光
我们都必须
为自己　也为别人的幸福
好好地活着

2015 年 5 月 1 日于乐亭中学

我是地上的普通草

我是地上的普通草
我拔节　我长高
蜻蜓来了我哈哈笑
离离原上都是我
一轮春风一波绿
绿遍山岗绿过河

我是林中的无名花
我含苞　我绽放
蝴蝶来了我更俏
漫山遍野都是我
一番秋风一挂果
挂满山岗堆满库

我是地上的普通草
我是林中的无名花
大江南北是我家
黄河两岸是我故土
花花草草齐动手
努力建设我们的伟大祖国

2016 年 9 月 26 日于乐亭中学

128

温馨的乡愁

阳光在墙上

爬成一幅背景

小小的蜘蛛儿

姿势正好

微风用它纤柔的手

母亲般

轻轻摇

风儿摇啊摇

一不小心　墙脚处

摇出

一片温馨的乡愁

2020 年 12 月 24 日于广丰

听从时间的召唤

时间在一分一秒地
流水般
从指缝间悄悄流过
我感受到了
时间的清凉
那是
一种扑鼻的芳香

我的
结满老茧的手掌
摩挲过坚硬的石头
还有
脆蹦蹦的土疙瘩
唯独抓不住
比水还柔滑的时光

我过惯了
这种逆来顺受的日子
它是夏日的炎阳
和冬天的雪霜
包裹起来的珍藏
我敬若神明般
把它供奉在神龛上

顶礼膜拜

时光不因我的虔诚
面露半点遗憾
老不死的地球
春华换了一茬又一茬
我的个子没有长高
背倒有点像弓梁

我想
我该入土了
听从时光的召唤
头发长成花草
肌肤呢
根据实际情况
应该披上泥土的红装

还有骨骼
我一生珍藏的口粮
最好是站成树木
或是侧躺成山丘
但愿都不要太高
太高
地面难免会荒凉

2017 年 6 月 7 日于乐亭中学

秋风中的鸟鸣

秋风中的鸟鸣
如细碎的石子
砸裂寂静的池塘
一样清脆
点点滴滴牵牛花似的
缀满儿时的梦乡

秋风中的霞云
如西洋画的色块
拼凑喧哗的图案
一样风光
片片块块拼盘似的
跳跃青年时的幻想

秋声如此骄人
秋色如此迷人
惬意的青春
在岁月的累积中
悄无声息地流进茫茫的秋风

一个老小孩儿伫立风头
在缀满牵牛花的梦里
在跳跃拼盘的幻想里
绽开了笑容

2020 年 10 月 4 日于乐亭中学

今夜好清凉

今夜好清凉
看　风涌动着风
卷起浪花朵朵

不要笑我身无长物
飞溅空中的珠光
是我积攒多年的口粮

不要笑我目光短浅
飘忽夜空的烛光
是我一生追求的光芒

风的暗语在呼啸宣告
珠光是一粒坚硬的种子
烛光是一颗美丽的星辰

一粒种子
就是一团焰火、一团执着

一颗星星
就是一种愿望、一种虔诚

今夜好清凉
看　风涌动着风
飞舞我朵朵欢畅

2016 年 10 月 8 日于乐亭中学

水 是 一 切

水是一切
水是万物之本
如果允许
我会在阅读之前
把书放进水里
用清水洗涤上面的污垢
然后
再阅读

水是一切
水是万物之母
如果我死时
需要立下遗嘱
我也会
把遗嘱在水里清洗一遍
然后
再公布于众

水是一切
水是万物之本
我相信水
我只相信水
不愿相信其他的一切
水
水就是我的性格
水就是我的一切

2017 年 5 月 18 日于乐亭中学

古　石

这是一块古老的石头
石面光滑而又圆润
坐在古老的石头上
抚摸它细腻的条纹
心想该怎样计算它的年轮

我常和这块古石谈心
问它为什么会这样光滑圆润
并且身子结实又笨重
古石静静地低着头
总是一声不吭

我也经常询问古石
为什么我的烦恼这么多
并且容易遭受不幸
古石还是静静地低着头
对我的询问置若罔闻

它就一直那么低着头
眼观鼻　鼻观心
静得浑身没有半点儿反应
以至于
我无法猜测它的内心

是铁石心肠

还是内心

真的没有半点儿风

巍巍如石

自有其不朽的真谛

2016 年 9 月 1 日于乐亭中学

相遇无名花

你是不是蝴蝶花
我不知道
但我愿并执意地
把你叫着蝴蝶
连"花"字也一并省去

你在铁篱笆外张开
两瓣蓝色的翅膀
同时卷起
一对白色的粗短触须
活脱脱一只
迎风而舞的蝴蝶

也许你不是蝴蝶花
也许你只是我
今天的一个偶遇
但这并不影响我的美感
我愿并执意地
把你叫着蝴蝶

再或许　你是我
很久很久以前的一场相识
只是我偶然把你忘记
你我今天的重聚
唤起我内心

一股澎湃的激情
如同古老的地壳深处
涌出一段美丽的诗句

从一盆炭走向一盆火
不会有太多的失误
从一盆火走向一盆炭
失误的概率也不会太多

为了一盆火而烧掉一盆炭
不是什么浪费
即使把自己搭进去
也是一首壮美的赞歌

为了一盆炭而熄灭一盆火
没有什么可惜
因为我有我的打算
我有我的目的

炭和火不是兄弟
它们只是连襟
来自不同的国度
必要的时候
自会合成一个整体

今天你我的相遇
有如炭和火
你是火我是炭
你点燃了我的激情

我助长了你的心智

我愿并执意地

把你叫着蝴蝶

绝对是你我连襟

2017 年 5 月 14 日于乐亭中学

雪花的名字

雪花的名字刻在冬天
这样一个收集珍宝的季节
打开冬天的袋口
雪花从苦寒的年代
衔来
一页页儿时的记忆
也衔来一片片童真的乐趣

瑟缩的手抄起一把雪
以最快的速度往嘴里塞
或是一场愉悦的袭击
目标
同伴的后颈窝或身体
追逐和躲避
是笑声润滑的脚步

如今，我的须发
已经和雪融为一体
飘飞的雪花
引领我走进人生的冬季
我的名字也刻在了冬天
雪地久违的天真
一触即发

2020 年 12 月 15 日于乐亭中学

初冬的江南

秋天就这样不声不响地走了
落下一地头又一地头的菊花黄
一朵朵黄色的小菊花匍匐在地
摇晃着脑袋迎接初冬欢笑的阳光
不用怀疑，它们头顶上没有霜
农历十月上旬的江南还比较温暖

它们爬满地头连成一片又一片
它们是秋天派出的侦察兵
它们正在用脚一脚一脚地试探
它们在用脚丈量从冬到春的短长
看，它们身后农民开来的一台台农用机
摆成了一幅春天迷人的景象

2020 年 11 月 25 日于乐亭中学

幸福的颜色

儿时的欢乐是蓝色的
如同夏夜
粘在萤火虫身上的蓝宝石
发着闪闪的亮
哪怕是受着蚊虫的叮咬
我总是放开脚步
去逐一逐

年轻时的幸福是红色的
如同春末
长在恋人发际的玫瑰
散发着暖暖的香
哪怕是遭着刺儿的嗔怪
我总是伸出手
去掬一掬

中年时的愉悦是黄色的
如同秋日
摊在地面上广袤的沙漠
闪着灼热的光
哪怕是忍着火舌的吞噬
我也总是放开胆
去搏一搏

老年时的满足是透明的

如同冬寒

挂在崖上的瀑练

透着冷冷的寒

哪怕是经着彻骨的冰凉

我也要张开嘴

去尝一尝

跨过绵密的人生

踏过多彩的四季

我把幸福

一页一页地折叠

折叠

小心翼翼地珍藏在

我透明且不落寞的心脏

2020 年 9 月 27 日于乐亭中学

我 知 道 了

雨幕的下面
是一座低矮的木屋
木屋的里面
坐着一个孤独的我
我的目光
透过窗口向外望

一缕阳光
从远远的云脚底下
探出
几许小草般柔滑的芒
我没有看见星星
但我听见
星星撒落一地的声响

我知道了
什么是
一吻天荒
什么是
地久天长

2017 年 5 月 8 日于乐亭中学

144

火辣辣的太阳，柔和的灯光

火辣辣的太阳照在山岗

山岗上片片白云飘荡

火辣辣的太阳照在田野

田野里和风阵阵荡漾

火辣辣的田野映照在湖面

湖面上渔船穿梭来往

火辣辣的田野照在遥远的海洋

海洋里无风三尺浪

丈夫的右手紧紧握着舵把

左手搭起凉棚举在额上

哦，那不是经受风浪

那是在把握生活的航向

柔和的灯光照在房间的墙壁上

洁白的墙壁透露出温馨的光

柔和的灯光照在电视的纱罩上

纱罩无声地泛动闪闪红光

柔和的灯光照在桌上的镜框上

镜框里依偎着一对幸福的新郎新娘

柔和的灯光照在小小的心房

心房虽小有风也有浪

妻子左手抚摸睡得正香的孩子的面庞

右手翻弄手机里丈夫的一张张头像

哦，那不是思念的忧伤

那是对幸福的憧憬和展望

丈夫是火辣辣的太阳

妻子是柔和的灯光

阳光灯光　灯光阳光

他们合在一起流淌

白天也亮晚上也亮

幸福的生活就在前进的路途上

2017 年 5 月 9 日于乐亭中学

早起，我放弃智慧

我随随便便
在校园凌晨前的暗中
　　行走
我随随便便
在校园的一个花坛边
　　坐下
尔后我又随随便便
抬头仰望额上的
　　夜空

黑夜还没有走到尽头
谷雨的黎明
在暗夜中
　　蠢蠢欲动
空中
　　布满乌云
我的下半身
　　如水
接着是上半身

道道电光由远而近
又由近而远
　　一闪而过
大地之光
　　可敬的光明之子

陡然间高高竖起

响彻远处

　　白茫茫的湖面

这如水的

　　光芒

我必须放弃智慧

和停止仰望

尔后是

　　随随便便

放任青牛

　　踏入云端

2017 年 4 月 20 日谷雨日于乐亭中学

秋 之 物 语

秋风

无论怎样阻拦

都挡不住秋风前进的力量

只有它自己想停的时候

我们才拿它有办法

秋霜

江南的秋天几乎没有霜

江南的秋霜

存放在文人的诗文画卷里

不过

还是有人吟咏江南的秋霜

还是有人颂唱江南的秋霜

秋霜

江南真切的念想

秋雨

就是太金贵了

样子显得有些小气

摆了大半天的谱

也不见抚摸一下泥土

秋露

别碰坏了

它也就那么一瞬
有些时候
热情需要适中

秋花

你来得很不是时候
你来的时候
大地满目萧瑟

你来得正是时候
你来的时候
大地仅你一枝独秀

秋草

你从哪里来
你又回哪里去

一生
就是一天
一生
就是一个世纪

秋实

珍藏了一夏的春花
没有半点吝啬
美
全部献给了人类的口舌
没有搬弄是非
不能说不是一种高洁

秋阳
火气是大了点儿
轻轻一碰
就着火了

只是不知道这样做
是好
还是坏

秋月
名副其实的秋霜
夜色轻轻一碰
霜
就铺了一地

秋云
很高　也很淡
把自己献给了秋阳
也把自己献给了秋月
最后
自己一无所得

秋山
虽然比平时显得更遥远
却比平时显得更清高
这样一对矛盾的组合
只有在秋天
才能这么完美

秋水

望得断的秋水
是一种牵肠挂肚
望不断的秋水
还是一种牵肠挂肚
秋水不是水
秋水
是一股流不尽的柔情

2016 年 9 月 14 日于乐亭中学

无月的夜晚

无月的夜晚真静寂
校园内
白天葱茏的樟树
蹦跳成
成群放荡不羁的黑色骁骑

头顶上的阴云
遮没了天空和星星
黑暗的棺材中
压抑的思恋
却燃烧成一只冲天的明灯

我很想放任自己
跨上黑色的骁骑
驾驭飒飒的秋风
向着前方有星星的窗口
哪怕跑到天明

可是我不能
不能……

2020 年 9 月 11 日于乐亭中学

有 雨 的 夜

为何这般喧闹
不期而至的夜雨
一群不安分的小猫
仿佛杂技场上
此起彼伏的喧嚣
又似
千军万马拉开了架势
在屋顶上操练的煎熬

为何这般喧闹
蜂拥而至的夜雨
一群捣乱的小猫
仿佛雷霆过后
震颤不已的心跳
又似
凌厉的寒风刮过树梢
扔下一根根带刺的料峭

为何这般喧闹
不请自来的夜雨
你可知道
孤独如我
孤独如此小屋
此时
需要静坐或是
给梦乡披上一件外套

2017 年 5 月 8 日于乐亭中学

黑暗中的静坐

合上门合上窗
黑暗中我就这样独自静坐
什么也不去做　什么也不去想
只是敛神谛听秋霜飘落的声音
探寻生命底层的颤动

忽然有如一阵北风起
三两声"嘎嘎"的大雁鸣声
撕裂了浓黑的夜空
虚空中我忽然一个激灵
那声音沿着我的心线直往下坠
坠入一个深不见底的黑洞

屋里某角落处的弹唱高手蟋蟀
收敛了它纵情的炫音　大雁
是秋霜滞重了你的羽翼吗
还是霜寒涩了你的眼睛
让你以闪电般凌厉的手势
用生命描绘这深深的夜空

四周仍归于静寂
黑暗中我就这样独自静坐
什么也不去做　什么也不去想
只是更加聚精会神地谛听秋霜飘落的力量
探寻来自黑暗深处的生命颤动

2020 年 11 月 5 日于乐亭中学

六月，鄱阳湖

远方的远
比远方更为遥远
那是
鱼儿敬仰风帆的地方

风儿踏着辽阔的湖面
款款而来
身后
是一大片细碎的金莲

小小的莲朵儿呀
快快绽放
别让那遥远的天鹅
冷淡了冬季的辉煌

2018 年 6 月 22 日于乐亭中学

生活就是一种幸福

人的泪腺
存蓄量怎么那么大
倾一生所蓄
能使海洋陡涨三厘米

哭泣之后
是否就真的痛快了
艰难的假象掩盖不了实况
哭泣之后还是哭泣

也许，这如海的泪
就是幸福
它永远
和痛苦纠缠在一起

2020 年 12 月 7 日于乐亭中学

讲台，蓝色的大海

不需要去做无谓的拓展
欲望的世界原本就
尘嚣日上
让白色的假发
语无伦次地爬满天空
也任由天平
去衡量地狱和天堂的重量

我只需要站在讲台上
守住这
天底下的一块蓝宝石
其他什么都不重要
因为讲台
蓝色大海的一部分
它也能把我拓展成大海

2017 年 6 月 22 日于乐亭中学

夏树和秋树

夏树夏树你繁花似锦

夏树夏树你富丽堂皇

远望簇簇团团

显得无比风光

近看，一顶硕大的礼帽

压着低矮的身腰

何等的奇形怪状

秋树秋树你很寒酸

秋树秋树你很荒凉

近看凄凄惨惨

像是心怀忧伤

远望，遒劲有力的臂膀

配上伟岸的身躯

何等的威武雄壮

夏树和秋树

两个永远握不着手的弟兄

性格迥异

不可能彼此欣赏

夏树啊

你好好去张扬

秋树呀

让我和你一起恪守内心的安宁

2020 年 11 月 11 日于乐亭中学

下吧，梅雨

眼前的这场大雨
是多么的宁静
静寂的空气中
嗅不出半点纠纷的气息

这是一场
宁静与静寂的比赛
下了那么多场的梅雨
场场也都如此的
安宁
我确实记不起
哪一场梅雨
曾令我十分欣喜
哪一场梅雨
又曾令我沮丧妥协

下吧，梅雨
梅雨，下吧
这明净如洗的洁净的空间
再饰以空白的时间
安宁
必将是
夏日最美的背景
也必将是
夏日最亮丽的风景

2017 年 7 月 4 日于广丰

160

我还是个小孩

我没有长大
我还是个小孩
我的心
依然是三岁时的天真
看见了星星
我会说
那是我的弹珠儿升空
看见了月亮
我会说
我的纸船已被中午的河流冲跑

我没有长大
我还是个小孩
我的心
依然是三岁时的幼稚
看见了小鸡小鸭
我会追着它们
闹个不停
看见了小猫小狗
我会像遇见了魔鬼一样
远远地躲避

我没有长大
我还是个小孩
我的心

依然是三岁时的单纯
遇见了陌生的大人
我会偷偷地观望
并怯生生地离开
遇见了小伙伴
我会缠上他们
并和他们一起捉迷藏

现在我遇见了你
我无法判断
你是陌生的大人
还是可信的小伙伴
我是要缠上你
还是应该怯生生地离开
大人们的决策啊
多难解的一道题　为何
用来考量一个稚气未脱的小孩

2017 年 5 月 25 日于乐亭中学

池　　塘

早晨起来赤着双脚
我穿透了镜子
奇怪的是
我一点儿也不觉疼痛

回转身来
我想要欣赏自己的成果
发现
自己仍站在镜子里

这就是生活
我们谁也穿透不了
你我
只能是游客

2017 年 5 月 23 日于乐亭中学

五月的江南

五月的江南
有水的村庄
油菜熟了
一片一片的黄

镰刀举起吧
举起镰刀
古铜色的身躯
弓背弯腰的符号

不需要慌乱
一点儿也不惊慌
一起一落的镰刀
收割一地的喜洋洋

五月的江南
打油菜的场地上
连枷声不断
那声响
响彻云霄

2017 年 5 月 6 日于乐亭中学

迎 接 黎 明

月亮

渐行渐远的花朵

任凭

破晓公鸡声声的呼唤

也不肯

做短暂的驻足

生的寂寞

被带往死的欢乐

尘埃喧嚣

逼近

未来的世界

将会是苦中作乐

2016 年 10 月 6 日于乐亭中学

溪流没有嘴

为什么溪流没有嘴
却能唱出
婉转动听的欢乐歌

为什么风儿没有手
却能梳理
长可及地的柔柳

为什么雪花没有脚
却能跳出
优雅迷人的曼舞

我有嘴
我很想唱一首欢乐的歌
可是我嗓音沙哑
哼声如牛

我也有手
我很想搔首弄姿秀秀
可是我手指粗笨
往往弄巧成拙

我还有脚
我很想跳一曲美丽的天鹅舞
可是我腿脚僵硬

怎么也迈不开步

我问溪流
为什么我唱不出欢快的歌
溪流迈着轻盈的脚步
从我眼前一晃而过
什么也没有回答我

我问风儿
怎样挠首才是杰作
风儿呼呼呼
那忙碌的声音
湮没了我的诉求

我向雪花讨教
跳天鹅舞的秘诀
雪花晃荡着慢悠悠地回答我
真理
存在于水雕的心脏

2018 年 11 月 14 日于乐亭中学

咏 蒲 公 英

春末的弓弦
拉得很圆很圆
你的成熟
在春末的弓弦上
溢出
湿漉漉灿烂的光彩

你的身段很美很美
飘飞在空中时
是多么的扑朔迷离
宛如
一个失恋少女
内心隐晦的伤痛

2017 年 4 月 28 日于乐亭中学

鄱阳湖湿地公园赏荷

水中少女
我的美丽的水中少女
清水浸润了她的双脚
清水淹没了她的膝盖

她于水中向我走来
一步一步缓慢地向我走来

她，身材娉婷
她，仪态端庄
她，面容姣好
她，笑意盈盈

她，自遥远的天边而来
她，在这美丽的水乡扎根
她，为这美丽的水乡增添秀色
水乡，也在丰富着她的神韵

她离我是多么的近
仿佛触手可及
她距离我又是那么的遥远
似若十万年才可以抵达

她于水中向我走来
一步一步缓慢地向我走来

清水渐渐浸润了我的双脚
清水渐渐淹没了我的膝盖
蓦回首
我亦是莲荷一株

2018 年 7 月 8 日于卧龙城

路和石子（组诗）

一、路

（一）

路是空荡荡的
像个扁平的容器
只盛着一层
浅浅的阳光

（二）

路边的草
隔年的绿
缝缝补补
缀成
夏日的两条披风

（三）

一路走来
我落下
许多人生的功课
我想问问失物招领处
当年的细碎
能否——领回

二、石子

（一）

我是一条甲壳虫

路上的石子

惊恐迟疑地望着我

——如临大敌

（二）

我不是什么庞然大物

尽管我很友善

但是那些石子

最终

还是拒绝了我

（三）

石子拒绝我

不是因为我的沉默寡言

而是因为

我有嘴

有嘴

就一定有说话的机会

有嘴

心就不一定够坚决

2017 年 6 月 17 日于鄱阳鸿宇大酒店

一 粒 泥 土

你是从高山来吗
是一阵风的美妙歌喉
架起
架起一道美丽的彩虹
让你
滑落在我的身前

你是从洼地来吗
是一声阳光的亲昵呼唤
飘起
飘起一朵祥瑞的云彩
让你
轻降在我的身后

泥土哟泥土
令人尊敬的泥土
你这路的前生
和今世的我相遇

我们相遇在
这金色的深秋
秋日朝阳的乳液
滋润着我

我梦见一只枯叶蝶

迎风曼舞

你是那

潺潺流来的轻风吗

2020 年 10 月 18 日于乐亭中学

行走在鄱阳湖边上

没有沙滩的日子

——纪念母亲逝世一周年

没有沙滩的日子

缺少的是

松软的奔跑

可是我却常常奔跑在

松软的梦里

我甚至还看见

湖虾的甲片

在松软的阳光里闪闪发亮

没有月亮的夜晚

缺少的是

安宁的漫步

可是我却常常漫步在

安宁的梦里

我甚至还看见

天鹅的羽翅

在安宁的蔚蓝中徐徐滑行

没有您的日子

缺少的是

温馨的笑意

可是我却常常微笑在

温馨的梦里

我甚至还看见

您满头的白发
在微风中缓缓飘逸

哦，母亲
我亲爱的母亲
远在天堂的您
是否也看见
我常常伫立窗前
眼中满含着热泪
笑望着您
笑望着您

2019 年 2 月 26 日于乐亭中学

行走在田野

远方的远
离我其实并不远
风的信子
在竭力证明
蓝天也只是
与我隔着些许白云

弯腰蹲身
我欣赏着这近处的近
禾苗和我一样
柔媚着
向尊敬的夏天
鞠躬致敬

2017 年 5 月 28 日于乐亭中学

归　途

颠簸　震颤
阳光挂在车窗外
车轮下
碾压出无数
岁月的风霜

红肿的泪腺
爬上山岗
山顶的旗帜呼啦啦地响
荡漾
碧波温柔的水乡

思乡　望乡
湿漉漉的沧桑
渗出珍藏
归途的苍老
涟漪着姜白石的辞章

2016 年 12 月 20 日构思于上饶至鄱阳的路途中

月光下的怀念

月光下，妈妈

静静地

躺在一片白云下

你墓的魅影

是一个沉重的铁盖

它隔开了

生对死的遥望

月光下，妈妈

轻轻地

飘在一片白云上

白鹤般的舞姿

多么优雅

它书写着

生对死的祝愿

2020 年 10 月 10 日于乐亭中学

白天和黑夜的裂变

白天是个大富翁
雍容华贵
夜晚是个小乞丐
黑瘦干瘪

富翁有富翁的
工作和享受
乞丐有乞丐的
事业和追求

乞丐和富翁
都很富有
他们
谁也不欠谁的债

裂变……
再裂变……
我的眼睛
放进我的口袋

2017 年 4 月 20 日于乐亭中学

我是一朵自由飘飞的云

从来都没有感觉这么强烈
我是一朵自由飘飞的云
沾满秋露湿乎乎的柏油路
在脚下平稳地滑行前伸
三条醒目的公路中线
是云朵飘飞前滑行的导引
空气　秋晨凉爽的空气
又是多么清新怡人

来去不定的风　不时
前来探看惺忪的黎明
大堤外侧　浩渺的湖面
散乱的渔船影影绰绰地漂泊
一如月色皎洁的夜晚
天空中泛动的点点星辰

水鸟蝙蝠般穿行在大堤两侧
逼真的障眼法让人深信不疑
朦胧的夜幕正在悄悄降临
甚至远处水面泛起的半轮红日
也在不遗余力地做着伪证
她柔美的红　完全可以
与初升明月的柔红以假乱真
我们不需要以假乱真
眼前的不是湖　眼前的是

一片不容置疑的宁静的夜空

大堤内侧的秀美田野
以及团团块块散落的村庄
晨雾中若隐若现恍若人间仙境
我在大堤上尽兴地晨跑
就像是在空中自由地飞行
一边是天空　一边是仙境
这时候在大堤上晨跑
我多像一朵自由飘飞的云
不　应该说
我就是一朵自由飘飞的云

2016 年 9 月 13 日于乐亭中学

最 美 的 雨

经历了一辈子的风
见识了一辈子的雨
今晨
我秋雨一样徘徊
呼呼的风声中
我望见了白茫茫的冬雪

渐渐地
我忘却了漫步的春雨
也忘却了冲锋的夏雨
一个独特的视角
无意中
我发现了最美的雨

2017 年 10 月 15 日即兴于乐亭中学

拔 草 感 怀

箭一样直的茎秆
箭一样精神的叶片
一寸寸往上长
一寸寸往上冲

我不由得昂起了头
和伸直了腰
内心的箭
从此至高无上

2017 年 6 月 14 日于乐亭中学

你 的 名 字

——致海子

你的名字
是一根钻心的针
痛　从你的笔尖
冉冉升起

你年长我一岁
你我分别已有二十七个亿年
一年
就是一个亿年

我是在你死后认识你的
一个凄神寒骨的冬夜　我哭泣着
把自己交给了诗歌
不想有幸遇见了你

你的名字镶嵌在诗歌的塔尖
我很敬佩你　从不肯盲目
可你的名字
却总使我感到迷失了方向

你的名字
是一根鲠在喉的刺
使我饱受诗歌的折磨
也让我有幸向你　向诗歌
致以最崇高的敬意

2016 年 10 月 14 日于乐亭中学

你的名字——致海子

第一场秋雨

天空积聚的时日悲情
终于憋熬不住
千万条殉情的雨丝
骤然间纷纷哭泣

这悲　从苍茫迷蒙的天幕中来
这悲　从撕裂万千疤痕的泥土中来
这悲　从万恶不赦的秋中来
这悲　从形容枯槁的心中来

那雨　哭得呼天喊地
那雨　哭得有情有义
那雨　哭得揪心揪肺
那雨　哭得彻骨彻髓

我在这哭声中昏昏入睡
一场空前盛大的葬礼
流水般在我体内
缓慢有序地进行

2016 年 9 月 6 日于乐亭中学

冬　霜
——写在冬至日

黑夜走了
黑夜把它的精华
留给了大地

草儿用它们
纤细潮湿的手臂
弯成两个娟秀的字体
处女

于是，一个可雕可琢的世界
笑盈盈
笑盈盈地迎接
冬晨初升的暖日

2020 年 12 月 21 日于乐亭中学

秋 日 黄 昏

夕阳和湖光

多么美妙的风景

不用担心

江豚跃出水面

也不用担心

水里游来游去的鱼儿

把湖面和天边的云朵

搅拌得殷红殷红

这不是红色

猩红的血色表达不了

内心的安宁和宁静

庄子沿着秋水顺流而下

没有蝴蝶

用不着疑惑

庄子就是蝴蝶

他会飞

飞到水面上点水成鸟

与水里游动的鱼儿

相映成趣

这是白色

晶莹晶莹的白

一生的高尚和纯洁

2017 年 9 月 14 日于乐亭中学

白色的课间

小花是白色的
蝴蝶是白色的
立在草地边观望的学生
心
也是白色的
唯有　唯有草地上
一潭汪汪清泉
浓郁的绿在开疆拓土

2017 年 5 月 21 日于乐亭中学

一天（组诗）

黎明

一盏灯足够
万物塑造各自美好的形象
我如何能够
推却这美好的一天

白天

太阳的想象
是那么广袤无边
被光明照亮的黑暗种子
岂能自甘堕落

黄昏

黄昏不是疲倦
太阳也需要进修
让我们一起加油吧
明天奋蹄不用扬鞭

夜晚

夜晚是孕妇隆起的肚子
生产的阵痛在窃窃私语
我的各种计划
在黑暗的地狱中哽咽

2020 年 11 月 9 日于乐亭中学

雨 中 观 荷

恍如隔世
你的美丽
我特有的惊奇

静静地伫立池边
我真诚地守望
你这一抹娇羞的眼神
还有
一袭火红的裙衣

不需要验证淤泥的深度
眼前的雨幕
就是一张通往天堂或地狱
填补时间空白的票据
我将会和你一样
好好地珍惜

2017 年 7 月 2 日于广丰

下 午 好 静

下午真的好静好静
静得
可以听见草根的呢喃
和泥土的呼吸

细细松翻心里的土壤
泥水　稻茬
开阔的地带一片
漾着古朴的酒香和茶香

秋意睡熟了一壶酒
静悄悄
一团生根的焰火
稳妥在父亲手掌的老茧上

秋意苏醒了一杯茶
香飘飘
一缕无骨的芬芳
写意于母亲头顶的白发旁

散落一地的秋意
收获了父亲也收获了母亲
我
很想收获我自己

下午真的好静好静
我在这静好的下午
听秋意　也听自己
安逸悠闲的呼吸

2016 年 10 月 4 日于乐亭中学

悟

黄昏摇摇晃晃的
从细雨中蹒跚而来
似是醉酒的状态
见了我也不问声好
嘴里含混的语音
熏得秋风　一颤
又一颤

我不是黄昏
也不善于醉酒
散步是不可能了
细雨的针脚
容不下我宽大的脚步
不如转回书房　看书
或写诗

2020 年 9 月 19 日于乐亭中学

秋　思

他立在高高的土坎上
任凭秋风呼呼地刮
眼睛紧盯着
土坎下平静的池塘
把手中矿泉水瓶里的水
摇得"哗哗"作响

瓶子里没有鱼儿
池塘的水面
盛开一朵朵羞怯之花
那是鱼儿的吻痕

他在干什么
是想起了一段美丽的爱情
还是在
酝酿一个新的蓝图
他的心思　不知
风儿鱼儿知不知道

2016 年 9 月 19 日于乐亭中学

枯叶·枯叶蝶

枯叶　枯叶蝶
与其选择枯叶
不如选择枯叶蝶
因为
枯叶蝶是一只鲜活的生命

枯叶　枯叶蝶
与其崇敬枯叶蝶
不如崇敬枯叶
因为
枯叶屹立在生命的顶层

我爱枯叶蝶
我更爱枯叶
我的生命行为准则是
生活中做一只鲜活的枯叶蝶
死后变成一片灿烂的枯叶

2016 年 8 月 23 日夜即兴于乐亭中学

水 乡 黄 昏

圩堤里的各个村庄

长成一片片或大或小的树林

村民们座座漂亮的高楼

站立成一排排高大的树　村庄

演绎着长江后浪推前浪

斜晖蹀躞在堤顶

林梢飞舞着金凤凰

凤凰朝阳　凤凰

把声势浩大的美丽潮头

彩排给壮观的夕阳欣赏

闷热渐渐消散

村庄不用点燃复古的炊烟

凉爽的秋风轻轻一漾

锅碗瓢盆纷纷作响

生活的热潮越涨越高

余热渐渐散尽

收拾停当的人们星散地

从村庄的各个角落钻出来

陆续涌向村北的大堤

健身的热潮涨成一道亮丽的风景

远远的水面

夕阳陶醉地弹奏地平线的琴弦

飘拂的长髯嬉逐波浪

湖水好清　湖风好凉

幸福的高潮天空回响

2016 年 8 月 25 日于乐亭中学

石头的声音

石头
开口不开口都一样
你只是一个
永远都不会说话的人

把手插进泥土
我抓住了
坐地日行八万里的暗锁
我也可以
坐地日行八万里

石头
别过来打扰我
我
我是你有口说不出的
——声音

2017 年 6 月 15 日于乐亭中学

我从未曾像爱你一样爱过我自己

我从未曾像爱你一样
爱过我自己
我把你的荣誉
高举在我威严的头顶
钻燧氏的火种
在我心里烁烁闪光

我从未曾像爱你一样
爱过我自己
我把你的尊严
镶嵌在我神圣的心里
岳飞直捣黄龙的长虹
在我心里夜滋日长

我从未曾像爱你一样
爱过我自己
我把你的辉煌
张挂在我骄傲的脸上
盛唐雄风再现的光环
在我心里越长越高

我从未曾像爱你一样
爱过我自己
我把你的美丽
洋溢在我数不尽的诗行

锦绣山河的意象

在我心里激越跳荡

祖国　我从未曾像爱你一样

爱过我自己

我爱你古老典雅的荣誉

我爱你雍容华贵的尊严

我爱你璀璨放光的辉煌

我爱你勇冠绝伦的美丽

2016 年 9 月 25 日于乐亭中学

暮

匆匆　匆匆
脚下的路程
挥就
西天的一抹红

云霞堆叠
湖面通红
箭似的阳光路
刚好铺就

人在旅途
人在旅途
我还须匆匆
我还须赶路

2020 年 9 月 8 日晚于乐亭中学

闪　　电

雨幕中升起一株莲荷

不，那是一朵焰火

殷红的血

颤抖着

摸进黑暗的泥土

夜晚就要来临

夜晚已经来临

刹那间空中万灯齐明

星星在地上

唱着明亮欢快的歌

2017 年 6 月 12 日于乐亭中学

早晨，我观赏兰花

晨起，我看见你时
是在欣赏一道美丽的风景
我有意
和你保持一定的距离

晨起，你看见我时
满脸的娇怯
那距离
融合在你满目的柔情里

哦，兰花
永不沦落的早晨
我一天的幸福
从你满目的柔情开始

2017 年 6 月 3 日于乐亭中学

晨　跑

跑道静静地躺着
躺着
躺出一圈圈涟漪

我默默地跑着
跑着
跑出一颗颗珍珠

跑道会打旋儿
我在转圈儿

汗渍的脚步
歪歪斜斜
起点无数
终点只有一个

2017 年 4 月 18 日于乐亭中学

生疏的古井

生疏的古井啊
早已被岁月的水流
冲洗净了
我儿时的痕迹

我很想俯身
在井里照照影儿
然后冲着井口
大笑或大叫一声

可是我做不到
多年的浮沉和打拼
我早已失去
那份儿时的天真

生疏的古井啊
在梦里
在记忆里
你和我又是那么亲近

2020 年 12 月 8 日于乐亭中学

秋 雨 遥 寄

这温软的秋雨
细细的　嫩嫩的
如春草
牢牢地长在我心田
不是吗
抚一抚这可爱的小草
手心
满满的是我们拥抱的温热

这柔情的秋雨
娇艳　温馨
如春花
高高地开在我的眉梢
不是吗
闻一闻这可爱的小花
鼻尖
留有我们亲吻的香甜

我喜爱这温软的秋雨
我怀恋这柔情的秋天
我们相识在多年前
一个秋季的雨天

2020 年 9 月 15 日于乐亭中学

美好的早晨

檐下
挂着一个个铃铛
对门的
几棵香樟
也挂满了铃铛

铃铛清脆
铃铛亮堂

和风中
铃铛
发出温馨的召唤
沸腾般

鸟儿
似乎也很欣赏
绕着铃铛
上下联欢

早晨
你真的就这么
美好和欢畅

2017 年 4 月 15 日于乐亭中学

沐 浴 晨 雾

晨风中
小阳春的细雨
迷迷蒙蒙
美丽的婚纱
一曳到地
三千丈白发下
点着一盏红灯

红灯陈旧
油垢烟垢
漫在额上纵横
此生无多
却学燕雀八哥
沐浴晨雾

2016 年 11 月 18 日于乐亭中学

可敬的飞蛾

飞蛾　飞蛾
为什么要自己投火
追求光明没有错
如我之追求真理
真理灼热
急于求成往往会事与愿违
曲径通幽方能永久

敢于直面死亡肯定是英雄
大义赴死无限高尚
莽撞而亡会使英雄蒙羞
自寻死路与英雄无关
只有懦夫才会选择怯懦
请不要
再选择自己投火

我可敬的飞蛾　飞蛾
寻找庇护所
灯光的影印下
一只受惊吓的秋虫
"吱"的一声飞进
我投在墙上的阴影
寻找着新的庇护所

我是一个庇护所

我也需要有所庇护

不忍惊动受惊的秋虫

内心的秋虫惶惑

唯有熄灭灯火

让黑夜母亲

深深地庇护秋虫和我

2016 年 9 月 7 日于乐亭中学

可敬的飞蛾

一切归于宁静

夜幕
沉下
一只只蝼蚁
蜷缩着
做起延续白天
弓背弯腰的梦

远远的一只天鹅
自野外
那湖的深处
传来
一声凄厉的鸣叫

也许，它看到了
这梦的颜色
琴弦上易碎的心
不敢踏地

佛系
自来如此
一切
仍归于宁静

2020 年 12 月 11 日于乐亭中学

到　访
——回忆一段爱情

曾经，你的每一次到访
都能令我欣喜异常
同样也令我惴惴不安

那时，我似一个
心智未开的懵懂小孩
你身上的
每一个细小物件
胸针、发夹及其他饰物
都能引起我的好奇
激发我内心强烈的渴盼

你经常利用这些细小的物件
引诱我
俘获我的心
让我
时刻不停地在你身旁转圈
却不给我任何一次机会
让我偷窥婚姻殿堂的模样

无论我怎样乞求
你都不愿满足我
哪怕是我一个很小很小的愿望
你总能

极其巧妙地加以掩饰推诿
你天花乱坠的表演
是我灰心失望的坟场

不要再捉弄我吧，我知道
你那美丽的承诺
是一片无边无际的海洋
永不停息的汹涌波澜
早已筑起一道道高耸的城墙
我血肉做成的可怜的心呀
肯定无法攀上

2020 年 10 月 28 日于乐亭中学

秋　颂

粗犷强壮的秋风
远远地踊跃着来了
招徕一片片
观趣的树叶参差的落地声

还需要等到晚上数星星吗
满地的火花
是生命火热
赤裸裸原始的律动

我在这满地的火花中
唱歌　跳舞
我在这满地的火花中
一颗一颗地数着星星

我不能不数星星
哪怕是枯叶蝶掉落的一片羽翼
我也要
——数进我的生命

2020 年 9 月 24 日于乐亭中学

你的一个小小的过失

你的
一个小小的过失
铸就我
刻骨铭心的沉沦
犹如这
犹如这喧闹的夏夜
巷弄上方的天空
没有一颗星星
地面上
却灯火通明

我很想
化作一只飞翔的蝴蝶
用自己脆嫩的翅膀
从冬夜的雪地里
驮来几片晶莹的雪花
然后
把它们粘贴在巷弄上方的夜空
抑或
躺在春天的花朵里
永远不需要黎明

2018 年 8 月 5 日于广丰

一个猛子扎进秋色

一个猛子扎进深深的秋色
如鱼　扎进浩瀚的湖海
不要担心出不来
我们进去了就不需要出来

看　秋色有多深有多宽广
前面的山岗是一座岛礁
岛礁上瓜果飘香　有巢
里面住着美丽的金凤凰

我们置身的田野
是浩瀚无垠的湖海
鱼很多　但水更深更广
搅不浑滚滚涌动的金色波浪

如果嫌待在水里时间太长　缺氧
我们就如鱼儿打跳
纵身跃上高高飘飞的云端
自由　欢畅　而又安详

扎进这样迷人的秋色
扎进这样浩瀚的湖海
跃上那自由飘飞的云端
我们进去了就不会想出来

2016 年 10 月 9 日于乐亭中学

两 根 拐 杖

湖边的堤岸立着两根拐杖
一老一少的高度
正好调和出一股浓郁的心酸

不要问蓝天　也不要问白云
谁是谁的依靠
谁是谁的脊梁
汹涌的波涛用铿锵作答
儿子是爸爸的依靠
爸爸是儿子的脊梁

波涛汹涌　涛声震荡
遥远的地平线折断成两半
一半嵌进老人深陷的皱纹里
一半烙印在小孩稚嫩的脸上
夕阳煮沸了他们脸上的期盼
静默的影子装点了堤岸的苍凉

小孩轻声地询问　爷爷
明天还会天亮吗
秋风没有作答
爷爷的谎言只能是
比暗夜黑
比月亮白

2016 年 9 月 23 日夜于乐亭中学

放　弃

在这大冷的天，上午
我忽然想去迎风而立
看看自己瑟瑟缩缩的样子
但是我放弃了
因为没有意义

在这大冷的天，下午
我忽然想去赤脚涉水过河
体验冰冷刺骨的感受
但是我放弃了
因为没有意义

很多时候，我们
空虚的灵魂无处安放
难免会有一些不当的幻想
但我们必须放弃
因为没有意义

2020 年 11 月 28 日于乐亭中学

窗　外

我亲爱的天鹅
是谁惊扰了你们
让你们整整一个上午
在窗外田野的上空
"鹅、鹅、鹅……"
叫得我很是心慌

是太阳那恶蛇般
缠绕的目光
惊扰了你们的梦
抑或是昨夜月光般
垂直的波浪
使你们陷得太深太深

我两眼望着窗外
陷入了久久的深思
是你们的翅膀不够大
还是你们的天地不够宽广
你们
为什么叫得这么凄婉

我的目光由上而下
但见广阔的田野
一片片金黄的稻穗
簇拥着阳光柔软的臂弯

受宠的孩子般
笑声阵阵掀起滚滚波浪

我明白了
羽翅的天地再大
终须
泥土做它的嫁衣裳
东坡居士曰
高处不胜寒

2020 年 10 月 25 日于乐亭中学

诗 句 偶 拾

欢乐林鸟的嘴里

蹦出一颗颗愉悦的音符

音符很浓稠

浓稠

堪比夏季茂密的林叶

稀释的是

这平铺了一地的明媚

阳光

给人的感觉都一样

爱的河流里

漾动的

永远是月明星稀

2020 年 10 月 20 日于乐亭中学

行走的雪地

行走的雪地瘦得一无是处
枯败的草叶
横七竖八地倒伏一地
你挤我拥的夏日繁华
被呼啸的洪水
冲洗得只剩嶙峋的骨架

行走的雪地并不寒冷
穿着正常的夏装
也只觉稍稍有些微凉
堆放在雪地上的身影
却冻得瑟瑟缩缩
蠕动着变长的身子取暖

我并不排斥秋夜的荒凉
也无心找寻
这行走的雪地的不是
只是因为中秋
勾起我对脚下这大地
一种遥远而沉痛的追思

我不曾离开过故土
我的追思
也保持着故土的原貌
扒开时间的记载

炊烟熏黑泥土墙下的犬吠
稿纸上演算明天的光亮

雪地在不断地往前行走
影子刻意地深化着秋的苍凉
我索性蹲下　堆放影子一样
把自己堆放在雪地上
我要在这静守到天亮　看看
数值超出稿纸演算的多少

2016 年 9 月 16 日于乐亭中学

想 起 二 叔

我忘不了
忘不了
那温馨的一幕
阳光依偎着花儿
花儿簇拥在墙脚下

叶片儿笑了
梦没有醒
一位老人走来
颤巍巍
又折了回去

我无法丢弃
也无法拾取
擦拭千遍万次
一位老人
镜框中永恒的涟漪

2017 年 4 月 28 日于乐亭中学

晒 太 阳

冬阳
柔若飘丝的光
夏风一样
拼凑一地的黄

千万只蚂蚁追随我
漫山遍野
找寻
背部荒原的宝藏

潮湿的孤独
风中
弯成枝头向阳
一曲绽放的花香

2017 年 1 月 17 日于乐亭中学

我从湖边归来

我从湖边归来
空中没有云彩
嫩绿平滑的草原
流淌着如洗的天

湖风在我的衣纱里
塞满了鱼腥的香甜
那是河港湖汊
渔人掀起的浪

白花花的鱼儿扔满仓
撒网后的酣畅
泊在湖的岸　遥远的地平线
一条柔韧的渔歌弦修长

我从湖边归来
嗅一嗅自己的衣袖
鱼鹰的翅
出没在蓝蓝的天

2016 年 10 月 16 日于乐亭中学

夜 很 温 馨

其实那不是涛声　偶尔扬起的
一两声"嘎嘎"沙哑的鸭叫声
是粗大稀落的雨滴
击拍水面漾起的涟漪

从此　夜不再平静
从此　夜很温馨

月亮白云哝哝低语
一场旷世已久的恋爱
澄澈在静谧的夜空
养鸭人
一觉睡到大天明

星星　光洁的星星
不管是地面上
还是在天空中
都是最好的见证

2016 年 10 月 14 日于乐亭中学

秋 水 渐 退

浩渺的鄱湖水面连接着村庄

和远方的地平线

秋风起处　泛泛的微波

一浪矮过一浪

望断的秋水渐行渐远

河港对岸　隆起

神龟的拱脊

盘旋　拓展

袒露成湖神平坦的腹肌

梦境中

满眼的绿茵翩跹

辽阔的鄱阳湖水面连接着村庄

和远方的地平线

秋风起处　细碎的波浪

瘦若不禁风的柳条

望不断的秋水丝丝相连

湖汊交错　遒劲

神龙的骨骼

蜿蜒　纵横

雕刻成巨龙飞舞的图腾

梦寐中

灼眼的华夏锦绣

2016 年 9 月 5 日于乐亭中学

复　活

秋天不谈荷

秋天只赏荷秆

挺拔的身姿

是一种

不屈的奋起

即使被秋风吹折

也是一种坚硬的气势

爆裂的声音里

蹿出

一颗春天火红的梦

2020 年 9 月 7 日于乐亭中学

莲 的 心 事

莲的心事谁知道

贯穿五千年的问号啊

我在苦苦把你寻找

莲的心事很丰满

如同少妇高高隆起的乳房

看向夏日

一片片铺张的荷叶

托举莲的心事

丰满的思想

赤诚地望向长空

漫飞的云朵溢泻光芒

莲的心事谁知道

纵横神州的谜团啊

我在苦苦把你追寻

莲的心事很高洁

如同君子特立独行的情操

环视秋阳

一根根挺拔的荷梗

悬挂莲的心事

高洁的智慧

坦然地面对秋野

翻飞的鸟儿书写安详

莲的心事谁知道

卑微的我啊
脚踩生死两扇门
请指给我一条
王者之道
以便于我前行

2020 年 11 月 8 日于乐亭中学

秋　　风

天上泛着露的光
地下铺着月的霜
我是鱼儿
秋风的涟漪
激不起
我内心的恐慌

一场月的盛宴开场
菜肴排满静幽的水乡
我是一道菜儿
借着风势飘向你的窗
为你送上
一盘满溢的桂花芳香

2017 年 10 月 30 日于乐亭中学

秋 天 的 门

秋天的门开着
不一定说明我活着
秋天的门关上
不一定说明我死了

或许我还活着
或许我真的死了
悲凉的秋风即使明年再来
答案一定是同样模糊

曾经点燃荷花的蜻蜓
也许知道该怎么说
我看到它飞行的翅膀上
有一团红红的火

2017 年 9 月 23 日于乐亭中学

我喜爱南方

南方的烟云
永远也比不上
北方草原的宽广
和雄壮

我多愁
我善感
还有那么一丁点儿
怯懦

幸好我心里
有一个鄱阳湖
我爱她爱得
是那么的炽烈和深情
任凭哪一个威严的法官
也无法把她
从我心里割舍掉

我向往北方
向往北方的粗犷和豪爽
可我
更喜爱生我养我的南方

2017 年 9 月 12 日于乐亭中学

歌颂爱情的诗篇

歌颂爱情的诗篇不需要很长
我只需向你的眼睛望一望
啊，你的眼中燃起两团火光
那火，是要将我燃烧
它置我于进退维谷
不允许我有丝毫避闪
你是否注意到
左右逢源的两张大嘴
在我的双眼大张
那嘴，是要左右轮换着把你包含
而不至于熔化你的形象

歌颂爱情的诗篇不需要很长
我只需向你的眼睛望一望
啊，你的眼中没有了火光
只剩下两台冰冷的炉灶
没有半点温热的死灰
黑着面孔在我面前把冷漠模仿
你是否注意到
我眼中的两张大嘴
也被针线密密缝上
它们丧失了咀嚼的功能
左右逢源的高技能彻底失算

歌颂爱情的诗篇不需要很长

我们只需要彼此的眼睛相互望一望

啊，曾经多么明亮的两双眼睛

彻底失去了昔日的亮光

它们瘫痪在传统的冰冷的床上

有气无力不能相互倾诉衷肠

你也无错我也彷徨

海洋的张力正在高涨

对的人不该在不对的时候相撞

只要你不死我的心不老

我们都会用冰冷的目光遥远相望

2020 年 11 月 23 日于乐亭中学

九　月

九月在闷声不响中悄悄地到来
九月又将在闷声不响中悄悄地离去
九月的到来令我措手不及
九月的即将离去又令我内心惶惶

九月银色的镰刀收割金色的秋阳
泛黄的芝麻秆儿一捆捆扎起
排列成一丛丛低矮的小山岗
拥挤不堪的芝麻地一下子变得空荡荡

九月的秋风来去两茫茫
萧瑟的丘陵一浪小于一浪
夏日的航船停泊在秋的港口
我在一夜之间突然回到了荒凉

九月的到来令我震惊不已
九月的即将离去又令我黯然神伤
大地上翻滚不息的荒凉
阵阵碾压我爆裂的胸膛

两手空空我把自己交给荒凉
昔日的山岗埋葬我的理想
猎猎作响的树杈是我的旗帜
明年春天我又是一条好汉

2016 年 9 月 20 日深夜于乐亭中学

石　头

一

潺潺的溪水

可以从它身上流过

轻微的尘埃

可以慢慢将它掩埋

它的软弱

甚至超过乞丐

二

它很坚硬

也很倔强

你可以敲碎它的身

你永远撬不开它的嘴

它的语言

远远超过自身

三

石头

你这又软又硬的家伙

你让我觉得可气

又让我觉得可爱

你这耐人寻味的一身本领

能不能让我也学一招

2020 年 10 月 16 日于乐亭中学

打　磨　夏

我把这火热的夏

我把这壮实而又火热的夏

耐心地打磨

打磨成一根细瘦的针

如同冬天

用瓦罐贮存冷雪

留待夏天治疗热病一样

我把这枚细瘦的针

存放在一个黑暗的盒子里

希望它在盒子里

在黑暗的盒子里穿越

穿越到寒冷的冬天

那样

即使是白雪皑皑

我们也不会感到寒冷

2018 年 7 月 18 日于卧龙城

水 乡 之 夜

静谧的夜空　突然
升起一轮浑圆金黄的赣调
遒劲圆润的唱腔
照亮安逸纳凉的村庄

树叶儿沙沙作响
夜的暗熊熊燃烧
热流从树梢
直逼水乡古老稳健的心跳

可怜的夜鸟啊
来不及呼叫月亮
挟裹落荒的哀叫
胡乱冲进夜的暗潮

夜已窒息　秋虫的星光
拱不动秋草枯枝败叶的巨爪
一双双年老的耳朵　沉醉中
跳起怪异的舞蹈

2016 年 9 月 25 日于乐亭中学

偶　感

一

走在城市的大街上
和走在乡村的小路上
没什么两样
只要
心不复杂

二

车来
车往
目光没有被拉长
风　呼呼响
我的时间
下午一点半

三

藤蔓缠着大树
不是想要高攀
实实在在是
一种生命的需要

四

吻我
是你在捡便宜
吻你
是我固有的惯性

2016 年 8 月 31 日于景德镇

灯　光

开灯的那一刻
炽烈的灯光
刺得我眼花缭乱
长脚的蚊子
不在罗盘
在室内空中
飞舞在初冬夜晚的顶端
三十平方米的小屋
竟使我迷失了方向

痛苦啊
痛苦在体内滋生漫长
痛苦的上方
是爷爷空空的粮仓
我因痛苦而跌倒在地
像垂死的长脚蚊子
四肢不停地抽搐

体内滋生漫长的痛苦
折磨着我内视的目光
痛楚的神经不断向我忠告
快快做回长脚蚊子吧
快快跳回罗盘
那里有
田野温馨的芳香

2020 年 11 月 19 日于乐亭中学

苦 楝 树 林

你从一堆废弃的垃圾场重生

细细的根，瘦瘦的腰身

静立于池塘边，有事没事

总要问问镜子自己的品行是否端正

镜子照见了你的纤细，一根一根

但绝不显现你的婀娜

因为从头到脚你都缺少优美的气质

感觉到的只是你刚硬呼吸的粗笨

秋风起了，一阵又一阵

前面不远处的围墙挟裹迅疾的北风

反身对你

一遍又一遍地进行二次进攻

镜子着急得扯掉娴淑的面容

又蹦又跳疯狗一样地狂吠

面对着那围墙面对着折身的北风

发出声声抗议且声声落地有声

唯我静幽唯我无动于衷

伤痕累累劫后余生的苦楝树林

哪一次不是和我一样

期待二次呼吸后的点滴阳光

2020 年 11 月 2 日于乐亭中学

活在秋风里

一

一个单调的日子
秋风打造出的小岛
孤独　微寒
一粒种子长出的对话
消瘦了原本微润的湖面
以及附近零星的村庄

我试图
迈出我怯生生的脚步
用我的笔
仰望冬雪梅花升起的高度
一群大雁飞过
朵朵莲花喷涌而出

中午时分　我看到
一轮皎洁的明月
高悬天空
高悬于我的头顶
单调的日子就这样
不再单调

二

夕阳的光
透过稀疏的树冠

一缕缕
散落在门前的空地上

率性的鸟儿不懂得
绕过那一缕缕亮
不时直来直去
捡拾地上细小的暗

秋风似是昂起了头
弓着身子
爬上了我的窗
我在秋风的底下
看到了闪闪的亮

2016 年 10 月 3 日于乐亭中学

鸟儿的欢叫声

听，房后挺拔的水杉间

鸟儿们叽叽喳喳地

叫得正欢

如同课后

学生间喋喋不休的争论

待我从窗口探出头去

欲要和它们一一飞吻

鸟儿们则惶恐地

纷纷逃离

什么

我不是鸟儿

我是人？不

鸟儿们的欢叫声

早已把我

融入它们之中

却又为何

它们要把我

排除在欢叫声之外

2020 年 12 月 3 日于乐亭中学

告　别

天空灰暗
鹰在苍茫的秋色中翱翔
死亡从头顶的白霜升起

二分之一的世纪
近两万个白天和黑夜
堆放在一起燃烧　光芒
被磨洗得刀子一样锃亮

我不需要十月
我只需要一个黑夜
披在身上御寒

收回我的鹰　收回我的风尘
安静地蹲伏在一棵树底下
蹲伏在一棵枝丫枯败的树底下
静心等待死亡和来生

2016 年 10 月 18 日于乐亭中学

六 月 之 殇

六月的窗口
能盛满火辣辣的阳光
为什么却兜不住
那缓慢流逝的时光
太阳并非飞速奔跑
浓浓的树荫
也只是蚕似的挪动

我很欣赏时光的神奇
她那魔术般的手指
为我们创造了不计其数的美丽
她曾将许多幼稚的脸蛋
抚慰成片片灿烂
她还曾将那么多娇嫩的幼苗
煅烧成体态雍容华贵的雕像

我也很厌恶时光的脾气
她那琢磨不透的情绪
真的叫人心惊胆战难以接受
她曾将大汉的铁桶江山
分化为三国的钩心斗角
她曾将盛世的大唐
没落为令人心揪的安史之乱

六月的窗口　你

为何不将喜怒无常的时光

紧紧兜住　令她无法流淌

我害怕她那

能摧毁一切美丽的残暴手掌

在疼我爱我的母亲额上

深深地划上一刀

露　珠

你从遥远的黑夜深处蹒跚而来
带着黑夜的暗对光明虔诚的向往
在沉沉的夜雾中发酵　酝酿
一颗　两颗……
无数颗晶莹剔透的珍珠
错杂地散落在植物的叶面和草尖上

风儿喜欢你朴实无华的晶莹
爱抚的手一遍又一遍地从你的头顶上滑过
阳光喜欢你毫不矫情的剔透
柔软的发丝根根亲吻着你稚嫩的脸庞
过路的人儿和鸟兽见到你
顾盼流离的目光欣喜不已

我爱你的坚强　我爱你的执着
阳光下你理想重生的欢乐闪烁
深深地触动了我酣睡已久的美感
怀揣着对美渴盼的羞涩
我愿和你一起去激活天上的火花
让光明点点滴滴撒落人间

行走在湖边湿地

四月的阳光总是那么坚硬
坚硬的心触碰着坚硬
苦熬成眼前一片葱郁的竹林

远方湖水的波浪并未平息　没有飓风
先人的魂灵飘荡在湖心
在那里看日落也看日出

一阵骤雨落在冰冷的阳光里
也落在一个小男孩湿漉漉的日子里
云幔一个突转又很快斩断所有的情愫

感谢那份尚未被取走的记忆
高飞的纸鸢挂住两行眼泪
冬天在后春天在前

俯身捡起地上缺了一角的痕迹
拍拍粘在身上坚硬的阳光颗粒
我踽踽行走在湖边湿地

想 起 藜 蒿

藜蒿的味道
是鄱阳湖的味道
是家乡的味道
是妈妈的味道
是挥之不去的味道

挥之不去的味道
是妈妈的味道
是家乡的味道
是鄱阳湖的味道
是藜蒿的味道

种植在深深的童年
长在湿漉漉的二月
十几二十公分的高度
爬了大半辈子还没有
爬到它的顶部

2016 年 8 月 5 日于卧龙城

我想我应该很美丽

夜风缠着幽静的月色
薄薄的轻纱弥漫成唐宋
一个不经意的微微转身
月光的大手笔便把我
泼写在屋前凉凉的水泥地上

我想我应该很美丽
耸动的双肩辉映
李白豪迈蒸腾的云气
夸张的脚步比起稼轩的豪迈
一点儿也不逊色

我是侏儒也是巨人
宋词的花香哺育我的雏形
盛唐啊　伟大的盛唐
双肩撑起我
东方正在崛起的龙

我想我应该很美丽
至少我的影子在竭力证明
夜
精灵生息的场所
是一个会呼吸的梦

2016 年 4 月 24 日于乐亭中学

254

七月的城市

孤寂的蝉鸣

在城市林立的高楼间

越唱越沉

越唱越沉

最后哀婉成

绿化树上死亡的哭泣

汽车的喇叭声

在城市畅通的马路上

越播越响

越播越响

早已茁壮成

城市坚挺厚实的脊梁

七月的城市

栽不活孤寂的蝉鸣

七月的城市

汽车的喇叭声养得又肥又胖

七月的我

该是一截城市遗弃的路

2016 年 7 月 17 日于卧龙城

新 年 祝 词

——与 G 君共勉

暗夜的中央是大海
大海的中央是渴盼

海面上两颗漂着的星星
各自望着两个不同的方向

一个在等待日出的壮观
一个在寻觅月光的缥缈

从此，世界不再孤寂
从此，时间流光溢彩

2023 年正月初一于乐亭中学

白鹭岗踏青

在这里
时间和空间携手
亲昵得像一对孪生兄弟
漫山的野杜鹃燃起堆堆篝火
绿色的催燃剂啊
风一样鼓动着焰火的舌头

我愿意退化成一只猿猴
在这静寂的下午
在这样一个春风垂挂的下午
动作敏捷
或骑行于树上
或蹲坐在花下

2016 年 3 月 20 日于乐亭中学

春 晨

我正在睡梦中畅游
柔和的春风悄悄爬上窗台
轻叩窗玻璃温柔地将我唤醒
淘气的小鸟沉醉于热闹
叽叽喳喳地鸣叫不休

一树独秀的桃花晨风中静默
引来千黄万绿的此起彼伏
冬天种植在泥土里的蓝色梦幻
在温热的土层里蠢蠢欲动
不断地拱抬托举残落在地面上的秋

远方洁净如洗平滑如镜的苍穹
擎起一把钢铁巨臂长弓
粗硬锐利的箭枝尚未射出
饱和膨胀的活力缤纷四溢
瞬间激活江南的千草万树

春在江南梦在江南
梦在江南春在江南
娱春乐春憧憬春的情怀
一如江南追逐喜乐的透明溪流
梦境不破

2016 年 3 月 10 日于乐亭中学

雪后登屏风山

风在爬坡
雪在爬坡
纹丝不动的是山
似曾相识的土色
紧拽登高的脚步

阳光泪眼婆娑
残败的树根底下
紧锁夏秋燥热的音匣
岁暮苍凉流离
风霜雨雪难解我意

文笔尖上文笔擎天
稼轩词韵谷中回漾
清清细泉入丰溪
游人　游人
孤独如我

2016 年 2 月 5 日于广丰

五 江 暮 色

打漂的鱼儿　掀起
圈圈涟漪　吞食
水中破碎的夕阳

一只野鸭
拖着长长的折扇
威严地巡视河道

鱼儿不敢动
河道静悄悄　唯有
晚霞在水面微漾

静美的水乡暮色
我不敢惊扰　悄悄折起
存进美的记忆

2015 年 8 月 5 日于乐亭中学

初秋的樟树

霜还很远很远
现在才是刚刚初秋
江南的葱郁一如既往
绿得锦绣
丝毫没有折扣
风倒时不时地吹来
一阵阵凉丝丝的
算是换季的一个信号

教学楼后的樟树林
枝繁叶茂　绿冠如云
鸟儿们的课堂热闹异常
一个小小的问题
就是一场喋喋不休的争论
树底下却是枯叶遍地
我随手捡起一片落叶
红红的　有血

奢华的樟树啊
四季常绿的树的精灵
换季不换叶
换血
太阳看不见你腹部的亮光
月亮窥不见你腰身的黑暗
血和液分离的阵痛
铸就你高尚的灵魂

2016 年 8 月 17 日于乐亭中学